遍歴の騎士と泣き虫竜
～のらドラゴンのご主人さがし～

Sakumi Yumeno
夢乃咲実

CHARADE BUNKO

Illustration

Ciel

CONTENTS

森は、緑だ。

すっくと立った、背の高い針葉樹の森にはところどころにぽっと日だまりができていて、やわらかな下草が若草色に光っている。

そんな日だまりのひとつは、澄んだ水を湛《たた》えた小さな泉を照らしている。

その泉のほとりに……奇妙なものが倒れていた。

汚れた灰色の、遠目に見たらぼろ布の塊のようなもの。

だが近くに寄ると、それがかろうじて呼吸している生き物だとわかる。

背中には、身体《からだ》の大きさに比べてあまりにも小さな翼。

身体を覆う灰色のものは艶のないうろこで、しなびた尾がだらりと投げ出されている。

人間の子どもほどの大きさの、小さなドラゴンだ。

ドラゴンは、腹をすかせていた。

森には木の実もきのこもあれば、小さな動物も多く、食べ物には困らない。

狩りが苦手な小さなドラゴンだって、飢え死にはしないくらい、森の恵みは豊かだ。

それなのに、何を食べても空腹感はおさまらず、身体は衰弱していく。

今はたんぽぽの季節だ。

目の前でも、たんぽぽの花が風にそよいでいる。

たんぽぽのつぼみは少し苦みがあるしそれほど栄養にはならないけれど、普段だったらおいしいおやつだ。

しかし今は、たまたま顔のほうに倒れてきた花をぱくんと口に入れてみても、なんの味もしない。「食べ物」という感じがせず、飲み込むこともできない。

群れにいたときには、こんなことはなかった。

群れを出て一人で森を彷徨《さまよ》っているうちに、どんどん身体は弱り、気がついたらこの泉のほとりで行き倒れていたのだ。

（どうしよう……）

小さなドラゴンは、声にならない声で呟《つぶや》いた。

（こんなはずじゃなかったのに……群れを出たのは間違いだったんだろうか）

それでも、出ないわけにはいかなかった。

小さなドラゴンがいたのは、人間を襲って食べ物や財宝を奪い取る無法ドラゴンの群れだった。

捨てられた卵から孵《かえ》った小さなドラゴンは、気がついたらその群れの中にいて、年上の大きいドラゴンたちに苛《いじ》められ、小突き回され、いいように使われていた。

しかし、そういう大きいドラゴンが近寄りもしない洞窟の隅で、ひっそりと暮らしていた老ドラゴンが、こんな群れにずっといてはいけないと諭してくれたのだ。

この群れの悪さに染まってはいけない、ドラゴンとしての正しい未来に向かって、勇気を持って踏み出さなくては、と。

ドラゴンにとっての正しい、理想の未来。

それは、人間の騎士をご主人に持つことだ。

立派な騎士と契約してご主人になってもらい、その騎士に仕え、助けて諸国を回り、よいことをたくさんしてそのご主人が人間の王に認められれば、ドラゴンのほうも、人々やドラゴンたちから尊敬される立派な身分のドラゴンになれるのだ。

小さなドラゴンは、それこそが自分の目指すべき未来だと思ったから、群れを出た。

それなのに。

ご主人に出会うこともできず、こうして森の中で飢え死にしそうになっている。

（僕のご主人はどこにいるんだろう）

朦朧《もうろう》とした意識の中で、小さなドラゴンは考えた。

鈍色《にびいろ》に光る鎧《よろい》を身につけ、立派な……そう、黒い馬に跨《また》がった、堂々とした体軀《たいく》の騎士。

腰に帯びた両刃の剣。

騎士の身分を表す拍車には、きらきらと光る宝石がついていて。

鎧はごてごてしていない美しいかたちで、胸には金色で美しい意匠の家紋が刻印され、その上に深紅の軽いマントを羽織っている。
そんなことを想像していると、本当に目の前に、そんな騎士が見えるような気がした。
ゆっくりと泉に近づいてきて、自分に気がついて、馬からひらりと下りる。
兜《かぶと》を取ると、豊かな濃い褐色の髪が零《こぼ》れ出る。
頭をひとふりしてその髪を背中に追いやり、騎士はゆっくりとこちらに近づいてきて、
片膝を折ってかがみ、覗《のぞ》き込む。
男らしく整った、若々しいのに成熟した印象の顔。
高い鼻筋。
髪と同じ濃い褐色の眉の下には、憂いを秘めた碧色《みどりいろ》の瞳。
少し面長で、平らな額は理知的で、口元は引き締まって厳しい印象。
なんだか……想像の中の騎士が、現実に見えるようだ。
こんなにはっきりした幻を見るなんて、もう本当に命が尽きかけているのだろうか。
そう思ったとき……
幻の騎士の眉が、ぐっと寄った。
「行き倒れのドラゴンとは珍しいものを見る」
声までも、聞こえたような気がした。
深みのある低い声。

いまわの際の幻には、音までついているらしい。

「おい」

身体に触れる、騎士の大きな手。

その温《ぬく》もりまで感じ取れる。

「おい、生きているのか？」

眉を寄せた騎士の顔に、木漏れ日がゆらゆらと影を落とし、それがあまりにも美しく見えて、小さなドラゴンは思わずため息をついた。

こんな人が、自分のご主人になってくれたらいいのに。

だがそのご主人についていくのなら、こんなに力の入らない身体ではだめだ。

「……い、た」

小さなドラゴンは思わず掠《かす》れた声を出した。

「なんだ？　なんと言った？」

「おなか、すいた」

「……なんだと？」

騎士は呆《あき》れたような声を出し、寄せた眉がさらにぐっと寄る。

それから立ち上がって馬のほうに行き、布の袋を持ってくると、その中から何かを出して小さなドラゴンの口の中に押し込んだ。

パン……のような気もするが、何しろ幻がくれる幻の食べ物だからか、まったく味がしない。

「……何か……他の……」

訴えるようにそう言ってみると、騎士は軽く舌打ちし、眉をさらにぐぐっと寄せて眉間に深い縦皺《たてじわ》を作った。

「贅沢《ぜいたく》を言うなら何もやら——」

そう言いかけて、ふと何かに気づいたように、「待て」と懐を探った。

小さな袋を取り出し、その中からきらきらと光る金色の、砂の粒のようなものを取り出すと、二粒ほどを小さなドラゴンの口の中に入れた。

それが舌の上に乗った瞬間……小さなドラゴンは、はっとした。

おいしい……それも普通のおいしさじゃない。

甘いのでも塩味なのでもなく、すべての味を含んで深みのある、素晴らしい味。

おいしいだけでなく、小さな固い粒が舌の上に乗っただけなのに、そこから不思議な光が身体の中にみるみる染み込んでいくような感じがする。

そして小さなドラゴンは、この味は知っているような気がする、と思った。

よく知っている……馴染《なじ》みがある、でもどこで食べたのかはまったく思い出せない。

舌の上で味わってからこくんと飲み込むと、たちまち胃の中から温かな流れが全身に広がっていき、身体に力が湧いてくる気がする。

ドラゴンは、ぐったりとした身体をむくりと起こした。

身体に力が戻ってくるのと同時に、頭の中も冴《さ》えてきて――

「あ！」

思わず声をあげた。

目の前に、人がいる。

片膝をついて自分を見つめているのは……整った顔立ちの、銀色の鎧をつけた、艶のある濃褐色の髪と碧の瞳の――騎士。

本物だ！

幻かと思っていた騎士は、本物なのだ！

「え、あの、ええと、その」

どうして本物の騎士がここにいるのか、自分に何を食べさせてくれたのか、いや、そんなことを尋《き》くよりも、まずお礼を言うべきではないのか、とドラゴンがあたふたしていると、騎士はすっと立ち上がる。

「大丈夫そうだな。金が足りなかったのだろう」

ドラゴンはぽかんとして騎士を見上げた。

「……金……？」

「黄金だ。お前たちは普通の食べ物の他に、少量の黄金を必要としているのだろう？」

騎士は怪訝《けげん》そうに尋ねる。

しかしドラゴンは、そんなことは誰にも教わったことがない。

無法ドラゴンの群れで暮らしていたときも、みな普通にその辺で取れたり人里から奪ったりしたものを食べ、根城にしている山で、川の水を飲んでいるだけだった。

黄金というのは、無法ドラゴンが人間から奪ってきて、洞窟の中にため込んでいるものだという記憶しかない。

呆然《ぼうぜん》として無言でいると、

「……おい、大丈夫か」

騎士はもう一度膝をつき、ドラゴンの顔を覗き込んだ。

「そもそもお前、なぜこんなところに一匹だけで行き倒れているのだ。主人はいるのか？それとも群れからはぐれたのか？　この近くにドラゴンの群れはいないはずだが」

小さなドラゴンは慌てて首を振った。

「群れは……群れには、入っていません」

せっかく出てきた、あの乱暴で意地の悪い無法ドラゴンたちの群れに戻されてはたまらない。

「それに……ご主人も、いません」

「まさかの、のらドラゴンか」

騎士は驚いたように眉を上げる。

「一匹で暮らすはぐれドラゴンというのは、たいてい自分の根城を持った力のあるドラゴンだと思っていたが、お前は……」

言いかけて飲み込んだ言葉は、おそらく「小さくて弱そう」なのだろう。

こんなドラゴンは見たことがない、という顔だが……それを言うなら、小さなドラゴンのほうも、こんな人間は見たことがない。

群れを出て以来接した人間というのは、畑を耕したり街で店をやったりしている者ばかりだったが、小さなドラゴンを見ると逃げ出すか、石や棒で追い払おうとする者ばかりだった。

食べ物をくれた人ははじめてだ。

それも、人間にとっても貴重であるはずの「金」をくれるなど。

この人は騎士だから、ドラゴンを怖《おそ》れないのだろうか。

そう……小さなドラゴンがはじめて出会った、騎士。

老ドラゴンから聞いて想像していた「鎧姿の騎士」そのもので、最初は幻だと思っていたから驚かなかったが、正真正銘、本物の騎士なのだ。

と、いうことは。

はっと気づいて、ドラゴンは周囲を見回した。

少し離れたところで黒い馬が草を食《は》んでいるだけで、他の気配はない。

もしかして。

「あの！」

小さなドラゴンは勢い込んで尋ねた。

「あなたは……騎士さまは……契約ドラゴンをお持ちではないのですか？」

騎士は無表情で首を振った。

「見ればわかるだろう。一人で遍歴の途中だ」

ドラゴンを持たない遍歴の騎士。

ということは、この騎士は、自分と契約するドラゴンを探しているのだろうか……！

「でしたら！」

小さなドラゴンは居住まいを正した。

「僕と契約して……ご主人になっていただけないでしょうか！」

「……お前と？」

騎士は驚いて眉を上げ、それからくっと喉で笑った。

「それは無理だ、騎士とドラゴンが主従関係を結ぶ条件を満たしていない」

主従関係を結ぶ条件……そんなものがあるのか。

「どうすれば、その条件というのが満たせるのでしょうか」

勢い込んで尋ねると、騎士は呆れた顔で小さなドラゴン見たが、やれやれ、という感じで肩をすくめる。

「契約ドラゴンというのは、騎士が相手のドラゴンを戦って倒し、ドラゴンが相手に屈服してはじめて成立する関係なのだ」

騎士がドラゴンと戦って、倒す。

それだけのことなら簡単だ。

「ではどうぞ、今ここで僕と戦ってください！　そして、僕が負けますから、そうしたらあなたは僕のご主人になりますよね⁉」

我ながらなんという素晴らしい考えだろう、と思ったのだが……

騎士の眉が、まだ寄る余地があったのかというくらいに深く寄る。

「馬鹿を言うな、それでは八百長だ」

素っ気なく吐き捨てる。

だめなのか。

老ドラゴンはただ「騎士を主人として主従関係を結ぶ」のがドラゴンの理想の生き方なのだと言っていたが、主従関係を結ぶのも簡単なことではないのだ。

せっかく騎士に会えたのに。

ご主人を求めて群れを出て彷徨い、飢え死に寸前のところでようやく出会えたのに。

この人がご主人になってくれないのなら、どうすればいいのだろう。

そう思うと、縦長の虹彩の大きな目にじわりと涙が溢《あふ》れ、たちまち大粒の塊となって、ぽろぽろと零れ落ちた。

「な、なんだ」

騎士は驚いたようにドラゴンを見る。

「ドラゴンのくせに、泣くのか」

ドラゴンだって泣くときは泣く。ただ、小さなドラゴンは確かに他のドラゴンよりも泣き虫かもしれなくて、それもまた、群れの乱暴なドラゴンたちに馬鹿にされ苛められる原因のひとつではあったのだ。

「す、すみません……」

小さなドラゴンは必死になって涙を止めようとしたが、うまくいかない。

「……やれやれ」

騎士はため息をつき、眉間の皺が少し浅くなった。

「そんなに主人が欲しいのか。そもそもお前、年はいくつだ、どうしてこんな、一匹で野垂れ死にしそうな境遇になっているんだ」

「年……わかりません……でもたぶん、十歳くらい……」

小さなドラゴンが答えると、騎士は首を傾《かし》げる。

「人間で言えば二十歳を過ぎたくらいか。それにしては幼く見えるな。で、いつからのらなんだ」

「たぶん……一月《ひとつき》くらい……もともと、捨てられていた卵だったみたいで……山の、群れの中で暮らしていたんですけど、みんな乱暴で、苛められて……」

「それで群れを出てきたのか」

騎士はため息をつく。

「なるほどな、無法ドラゴンの群れは力で序列が決まると聞いているから、さぞかしお前には居心地が悪かっただろう。だがそれでも、連中は金鉱近くに巣くっていることが多いから、お前も川の水を飲むときに、無意識に砂金を摂取していたのだろうな」

騎士の言葉は明快だ。

なるほど、騎士が食べさせてくれた金の粒の味は、川の水をたくさん飲んだときの満足感に通じるものがある。

この人はなんとよく、物事を知っているのだろう。

ますますこの人に、ご主人になってもらいたくなる。

「あの……それでやっぱり……僕ではだめでしょうか……」

「そりゃお前」

騎士は、その雄弁な眉を、今度は呆れたように上げた。

「ドラゴン探しの遍歴の騎士というものは、より強いドラゴンと戦って、このドラゴンに勝ったのだということを勲章にするのだ。お前を従えても、自慢にもならん」

そうか……そういうものなのか、と小さなドラゴンは項垂《うなだ》れた。

自分と戦いたいという騎士などいないに決まっている。

「まあ、今食わせてやった砂金で、しばらくは保《も》つだろう。私はもう行くぞ」

騎士はそう言って泉の水を片手で掬《すく》ってみくちほど飲み、ふたつの革袋の中も水でいっぱいにして、それを馬の鞍《くら》にくくりつける。

行ってしまう。

この人は立ち去ってしまう。

小さなドラゴンは呆然と騎士を見つめた。

これから先他の騎士に出会っても、こんなに小さく弱々しい自分では、ご主人になってなどもらえないだろう。

でも、群れには戻りたくない。

乱暴者の群れの中で、強いドラゴンに命じられて人間を襲い、食べ物や財宝を奪うようなドラゴンとして生きていきたくはない。

だとしたら、やはり自分は、このままのたれ死ぬかしかないのだ。

いったい自分はなんのために生まれてきたのだろう、と……また涙がぽろぽろと零れる。

騎士は淡々と馬の腹帯を締め直し、兜を被《かぶ》り、鞍に手をかけて馬に乗ろうとし……そして泣いている小さなドラゴンを見て躊躇《ためら》ったように見え……ため息をつき、そしてまた、ドラゴンの側《そば》に戻ってきた。

腰に手を当てて、ドラゴンを見下ろす。

「お前、人型になることはできるのか」

「え、あ、はい」

なることは……できる……かろうじて。

「やってみろ」

そう言われて小さなドラゴンはぎゅっと目を瞑《つぶ》り、必死になって精神を集中させ……やがて皮膚がむずむずしてきて、身体の内側と外側が反転したような一瞬の衝撃を感じた。

目を開ける。

先ほどよりも、騎士の目線が少し近い。

視線を落とすと、確かに人間の手、人間の身体、人間の脚が見える。

一応変身の一部として、麻袋に穴を開けて手脚を出したような服も纏《まと》っている。

「どう……でしょう……」

騎士が無言で自分を見ているので、小さなドラゴンは不安になった。

どこか変なのだろうか。

ドラゴンには、生まれつき変身能力がある者と、ない者がいる。

小さなドラゴンはたまたま変身能力があったが、誰かにちゃんと教わったわけではないので、こつがよくわかっていない。

上手なドラゴンは、人間の男や女だけでなく、馬や牛にも変身できるのに、小さなドラゴンは一種類の人間にしかなれない。

それに、人間になってもどこか変らしく、一匹で彷徨い始めてから人間の村に人型で入っていっても、どういうわけかすぐに「ドラゴンだ」とばれてしまい、向こうが逃げ出すか、こちらが追い出されるかになってしまうのだ。

騎士が腕組みをしてドラゴンを頭のてっぺんから足のつま先まで眺め渡す。

「……見た目、十五歳くらいか。貧弱な、栄養の足りない子どもだな」

やがて騎士はゆっくりと言った。

「それと、目、それは変えられないのか」

「え？」

「目だ」

繰り返しそう言われて、ドラゴンは慌てて泉を覗き込んだ。

人間に変身した自分をちゃんと見るのははじめてかもしれない。

鏡のような静かな水面に映っているのは、確かに騎士が言ったような、貧弱で栄養の足りなさそうな少年だった。

目ばかり大きい、鼻も口もこぶりの顔は、色白ではあるがそばかすが浮いている。

ぼさぼさの、艶のない藁色《わらいろ》の髪。

腕も脚も胴も、痩《や》せて骨が浮いている。

そして目は……金色。ドラゴンの、縦長の虹彩のままだ。

すぐにドラゴンとばれてしまうのはこのせいだったのか、とドラゴンははじめて悟った。

「え、えと……目、目……っ」

必死になってなんとかしようとするが、どうしていいのかわからない。

どうやっても目は変わらず、ドラゴンはうるうると涙を浮かべて騎士を振り返った。

騎士は呆れたように首を振る。

「どうにもならないようだな」

そう言って何か考え、そしてため息をついた。

「まあそれでも、無法ドラゴンの群れにいるよりも騎士と契約したいという、志《こころざし》の高さだけは認めてやろう。ここで放り出して黄金不足で死なれても夢見が悪いし、そうだな、従者としてなら、しばらく連れ歩いてやってもいい」

小さなドラゴンは一瞬、騎士が何を言っているのかわからず……そしてゆっくりとその言葉を理解し、自分が聞き間違えたのかと思い……

「不服なら話はここまでだ」

騎士が踵《きびす》を返しかけたので、慌ててその腕に取りすがった。

「待って、待ってください、連れていってくれるんですか⁉」

「従者としてだ」

騎士はきっぱりと言った。

「身の回りの雑用とか、戦いの介添えとか、そういった仕事を覚える気があるのなら、だが。それなら、給金代わりに定期的に砂金を食わせてやる」

「あり、あります、あります、あります！」

小さなドラゴンは叫んだ。

なんだってやる、やってみせる。

それで、この騎士が一緒に連れていってくれ、砂金を食べさせてくれるのなら。

そして……頑張って強くなり、いつか「戦う価値のある相手」と認めてもらえば、ちゃんと戦って負けて、ご主人になってもらうことだってできるかもしれない！

小さなドラゴンが内心でそんなことを考えていることには気づかないふうで、騎士は頷いた。

「いいだろう。だが、役に立たなかったり邪魔になったりしたら、すぐにクビだからな」

「はい！」

小さなドラゴンは首がもげそうなくらいに強く頷いた。

すると騎士は馬の鞍に積んだ荷物の中から、何か布のようなものを引っ張り出した。広げると、大きなやわらかいつばのついた、ずきんのような帽子だとわかる。

「とりあえずこれを深く被って、その目が目立たないようにだけしておけ」

小さなドラゴンは、藁色の前髪を目の前にかき集め、その上から渡された帽子を言われた通りに深く被る。

「腰にはこれを」

革帯を渡されて腰に巻くと、騎士はそこに短剣を一本差し込む。

「まあ、見習い従者になりたての小僧くらいには見えるだろう」

騎士はそう言って頷き、

「それとお前、名は」

尋ねかけて、慌てて小さなドラゴンの口の前に手を突き出した。

「いや、言うな！　ここでお前の真実の名前を知ってしまうわけにはいかない」

それも何か、騎士とドラゴンの契約に関わるような問題なのだろうか。

「あの、でも僕、名前――」

「口を開くな！　私が今、お前に呼び名をつけてやるから……そうだな、フォンス、古語で泉という意味の、フォンスと呼ぶことにする」

小さなドラゴンは嬉《うれ》しくなった。

泉のほとりで出会ったから、泉という意味の、フォンス。

今から自分は、フォンスなのだ。

「はい、ご主人さま！」

小さなドラゴン……フォンスが答えると、騎士はまた首を振る。

「ご主人さまも、なしだ。従者として連れ歩くといっても、お前はドラゴンだから本物の従者として契約するわけではない。とはいえ、遍歴の騎士は身分を隠すもの。領地の名、アルビドールを人前で連呼されても困るな」

少し考え……

「私のことは、シルヴァンと呼べ。家族しか呼ばぬ名だが、まったくの偽名で呼ばれるよりはいい」

「シルヴァンさま……！」

フォンスはその名前を声に出し、途端になんだか気恥ずかしいような、くすぐったいような、うきうきするような気持ちになった。

ご主人になってもらえないのは残念だが、名前で呼ばせてもらえるのは、それはそれで特別な感じがする。

「それから、これはボウ」

騎士、シルヴァンは黒い馬のほうを振り向いた。

「お前が馬に変身できないのなら、お前のための小馬をどこかで手に入れるまで一緒にボウに乗るしかない。まあ、お前は軽そうだから大丈夫だろう」

黒い馬は静かに立っている。

フォンスはおそるおそる馬に近寄り、そっと声をかけた。

「ボウ……よろしくお願いします」

馬はじろじろとフォンスを見て、ふんと鼻を鳴らした。

「ご主人に迷惑をかけないようにしてくれ」

ぶっきらぼうにそう答える。

ボウは間違いなくシルヴァンの馬だから、「ご主人」と呼べるのだ、いいなあ、とフォンスが思っていると、シルヴァンがフォンスとボウを交互に見やった。

「そうか、お前たちは言葉が通じるのだな」

フォンスははっとした。

「人間と、馬は、話ができないのですか⁉」

フォンスはごく自然に、人と話すときは人の言葉を、馬と話すときは馬の言葉を使っていたのだが、人間はそれができないのだろうか。

だとしたら……

「ぼ、僕がお役に立ちます！　つうやく？　できると思います！」

早速、シルヴァンのために何かできると思ってそう言ったのだが、シルヴァンはボウと視線を合わせ、それから苦笑して肩をすくめた。

「いや、その必要はない。ボウには私の言葉がわかるようだし、私も他の馬はともかく、ボウの考えはわかるからな」

「え……そうなんですか……？」

言葉が通じないのに考えがわかるというのはどういうことだろう、とフォンスが驚いていると……

「信頼関係というやつだよ、お前にはわからないだろうが」

ボウが勝ち誇ったようにそう言って、フォンスはがっくりと項垂れた。

ばかなことを言ってしまった、出会ったばかりの自分とは違い、シルヴァンとボウは言葉など必要のない確固とした信頼関係を築いているのだ。

「さあ、もういい」

シルヴァンはそう言って、さっとボウに跨がった。

「次の雨が来る前に、この森を出たいのだ。行くぞ」

「は、はい！」

フォンスは慌ててボウの臀《しり》によじのぼり、身体の位置を落ち着ける前に、ボウはすたすたと歩き始めた。


森を抜けるのに、三日かかった。

フォンスにとってはいろいろと驚きの三日間であるとともに、自分がどれだけ役立たずで物知らずであるかを思い知らされる日々になってしまった。

まず森の中の空き地を最初の野営の場所に定め、「火を熾《おこ》してくれ」と言われ。もたもたしながら木の枝を集め、どうすればいいのかと呆然としていると、シルヴァンが呆れて言った。

「火は吐けないのか」

ああ、そういうことか、それならできるはず、とフォンスは思い、木の枝に向かって火を吐こうとしたのだが……できない。

口を開けて、お腹の奥から吐き出そうとしても、何も出てこない。

それを眺めていたシルヴァンがぼそっと言った。

「人型では無理なんじゃないか?」

「あ」

それはそうだ。

これまで、人型で火を吐こうとしたこともなかったので、気づかなかった。

精神を集中して小さなドラゴンに戻り、木の枝に向かい、息を吸って——吐く。

ちろりと、小さな炎が一瞬だけ出た。

「あ……あれ？」

思わずシルヴァンを見ると、無表情で腕組みをしている。

「もう一回……」

今度は思い切り息を吸い、渾身《こんしん》の力で息を吐き出した。

ぼっと音がして、目の前が大きな炎で真っ赤になった瞬間——

「危ない！　やめろ！」

シルヴァンの声がして、フォンスは慌てて口を閉じた。

炎は出てきたときと逆に、閉じかけるフォンスの口に吸い込まれるように消える。

そして目の前には……黒焦げになった丸い草地。

集めた木の枝など跡形もない。

大失敗だ。

シルヴァンは、炎が大きいと見た瞬間にボウの手綱を押さえながら飛びすさったのだろう、かろうじて黒焦げの輪の外側にいる。

そして、もはや見慣れた、眉間の深い皺。

「森ごと燃やす気か」

低い声には、怒りというよりは呆れた気配が籠《こ》もっている。

「す……すみません、すみません……っ」

フォンスは謝った。

「……いや」

シルヴァンがふうっとため息をつく。

「私も悪かった。人間の従者にならい、火を吐けなどとは言わないからな。火打ちを使った熾し方を教えてやるべきだった」

フォンスを責めずに、自分が悪かったと言うシルヴァンの言葉に、申し訳なくて申し訳なくていたたまれなくなる。

これでは、ドラゴンを従者にしている意味は、シルヴァンにとって何ひとつない。

「人型に戻れ」

シルヴァンは抑えた声で言った。

「あっちの、燃えていない場所に移動するから、もう一度枝を集めてこい」

「……はい」

もぞもぞと人型に戻り、枝集めのために森に入ろうとボウの傍らを通ると、ボウがぼそっと言った。

「わかっているのか、下手をするとご主人を焼き殺すところだったぞ」

う……わかっているが、改めて言われるとぐさりと胸に刺さる。

そしてもちろん……

「ボウのことも……ごめんなさい」

ぺこりとボウに頭を下げ、フォンスは森の中に駆け込んだ。

枝を集めて戻ると、シルヴァンは改めて、火打ち石を使い、燃えやすいきのこをたきつけにして火を熾す方法を教えてくれる。

「野営地に着いて火を熾したら、最初にするのはボウを楽にしてやることだ」

今日はやり方を見ていろ、と言ってシルヴァンはボウから荷物をすべて下ろし、腹帯を緩めて鞍を下ろし、水を飲ませ、カラスムギの入った袋をボウの口の前に差し出す。

ボウは横目でフォンスを見ながら、どこか得意そうにシルヴァンの世話を受けている。

「次が私の鎧だ」

シルヴァンに言われ、フォンスは鎧を脱がせるのを手伝う。

「その紐《ひも》を解くんだ、そうじゃない、こっちが先だ」

自分一人で脱ぎ着したほうがはるかに速いのだろうに、フォンスに教えるために、苛立《いらだ》ちを抑えた口調でシルヴァンが指示してくれる。

ひと繋《つな》がりの金属の服のように見える鎧は、さまざまな留め具が使われていて、バックルや紐をはずしていくと驚くほどの数の部品に分解された。

最後に綿入れの鎧下を脱ぐと、シルヴァンはゆったりとしたシャツとズボンの、寛《くつろ》いだ姿になった。

鎧を着ているときの肩幅の広い逞《たくま》しい印象に加え、どこか優雅で洗練された雰囲気になり、やはり騎士さまは普通の人とは違うのだ、とフォンスは思う。

「ふう」

いつもの倍疲れた、という顔でシルヴァンは焚火《たきび》の側に腰を下ろし、豊かな艶のある髪を片手でかき上げた。

「手際が悪くてすみません」

フォンスが謝ると、シルヴァンは眉を寄せて首を振る。

「はじめてなのだ、当然だ。今は自分でやったほうが速いことはわかっているが、お前が慣れてくれれば私も楽になる……ことを、願う」

僕だってそれを願う、とフォンスは思う。

鎧は脱がせて終わりではなく点検と手入れもあるし、その前に食事の支度もしなくてはいけない。

やることは山ほどある。

考えてみると、シルヴァンはこれまで従者なしで、すべてを自分でやりながら旅をしてきたのだろう。

「旅人に出会ったり、村に泊まったりするときは、従者を連れているのに従者が仕事をしないと変に思われるからな」

だからフォンスに仕事を覚えさせるという、シルヴァンの言葉はもっともだ。

誰かに出会う前に、一通りのことは覚えなくては、とフォンスは思った。

完全に日が落ち、眠る段になって、毛布にくるまって鞍に寄りかかろうとしたシルヴァンが、ふと言った。

「毛布は一枚しかないが……お前、その姿では寒いだろう」

言われてみると、ドラゴンの姿だと感じたことのない「寒さ」を、人型の無防備な肌だと感じるような気がする。

シルヴァンはまた眉を寄せて少し考え……

「森にいる間は眠る間だけドラゴンに戻るか、人型で毛布を半分使うか、どちらかだな」

素っ気なくそう言ったので、フォンスは慌てて首を振った。

「と、と、とんでもないです！　毛布を半分に切るなんて……ドラゴン型に戻ります！」

シルヴァンは一瞬驚いたように眉を上げたが、次の瞬間、頬を緩めくっと笑った。

笑った！

シルヴァンが笑った、とフォンスが驚いていると。

「そういう意味ではなかったのだが……まあいい、では寒くない姿で寝ろ」

シルヴァンはそう言って、毛布に頭までくるまって横になってしまう。

「馬鹿か」

少し離れたところにいたボウが言った。

「ご主人は、毛布を一緒に使おうと言ってくださったんだ。毛布を半分に切るわけがあるか」

「え……？」

フォンスは驚いて、ボウとシルヴァンを交互に見た。

毛布を一緒に使う……つまり、一枚の毛布に、一緒にくるまる……シルヴァンはそう提案してくれたのか……！

それがわかったとしても、やはり申し訳なくてそんなずうずうしいことはできないと思いつつ、フォンスは嬉しくなった。

何かというと眉がぐぐっと寄って、怖い人のようにも思ったけれど、砂金の粒をくれ、従者にしてくれたシルヴァンは、やはり優しい人なのだ。

この人に出会い、この人に拾われて本当によかった、とフォンスは思った。

日が昇れば、シルヴァンは起き出す。

消えかけた焚火をまた熾し、パンと香草のスープの簡単な食事を取り、片づけ、そして鎧を身につけ、ボウに鞍をつける。

フォンスはシルヴァンに教わりながらなんとかボウに鞍を乗せ、腹帯を締めようとするが、なかなかいい具合に締まらない。

「……俺が息を吐いた瞬間にぎゅっと締めるんだよ。で、手早くバックルで留める」

呆れた様子でボウが言った。

「腹帯が緩いと俺の皮膚が擦《こす》れて痛いし、ご主人が落ちる危険もあるんだぞ」

おそるおそる腹帯を締めようとしていたフォンスは、そういうものなのかと思い、ボウが息を吐いた瞬間を見計らって腹帯を締めた。

しかし、もたもたバックルを留めようとしている間に、また緩んでしまう。

「……思った以上に不器用だな」

シルヴァンとボウが、ほとんど同時に言った。

「すみません……」

本当のことなのでそう言うしかない。

なんとか馬装を整え、シルヴァンの後ろに乗り、森を進む。

前途多難だ。

それでも、シルヴァンに従者として雇い続けてもらい、いつかドラゴンとして契約してもらうには、頑張って仕事を覚えなくては、とフォンスは思った。


そんな旅を続けて三日目、森の中の、人馬がつけたらしい細い小道を見つけて辿《たど》っていると、前方から何かがやってくる気配がした。

「何か、来ます」

フォンスの言葉とともに、ボウも気づいたらしくぴたりと脚を止める。

人だろうか、けものだろうか。敵意のある相手だろうか、そうではないだろうか。

シルヴァンは馬上でゆったりと構えつつ、気配が近づいてくるのを待っている。

やがて姿を現したのは、騎馬の男だった。

騎士ではない。

袖なしの毛皮を羽織り、弓を背負っているので、猟師とわかる。

「フォンス」

シルヴァンが低い声で言った。

「森を抜けて一番近い村はどこか尋くんだ」

シルヴァンが低い声で言った。

もちろん、従者連れなのに、騎士が自分で尋ねるわけにはいかないのだとわかる。

フォンスはボウから飛び下り、帽子を目深に被り直して、猟師のほうに歩いていった。

猟師も少し手前で馬を止めてフォンスを待っている。

と、猟師の馬が数歩後ろに下がり、猟師は慌てて手綱を引き締めた。

自分がドラゴンだとわかったからかもしれないと思い、フォンスはそれ以上近寄らずに立ち止まる。

とはいえ、いったいどう声をかけるのが正解なのかよくわからない。

まずは「こんにちは」なのだろうか。

しかしフォンスがまごまごしている間に、猟師のほうが口を開いた。

「遍歴の騎士どのか」

もちろん、フォンスではなく背後で待っているシルヴァンのことだ。

「はい、そうです」

「どこを目指しておいでかな」

「ええと、この森を出て、一番近い村を探しているのです」

フォンスが答えると、猟師のひげ面がぱっと明るくなった。

「どこかを目指して急いでおいでなのではないのだな。だったら、私の村にぜひおいでいただきたい。騎士どののお力をお借りしたいのだ」

そう言って猟師がシルヴァンのほうを見たので、フォンスは慌てて駆け戻った。

「あの人の村に来て、力を貸してほしいと言っています」

「話を聞こう、と伝えろ」

フォンスはまた、猟師のもとに戻る。

「お話を聞く、とのことです」

「ありがたい」

猟師が頷いてシルヴァンのほうに馬を進めたので、このあとは直接話をしてくれるのだと思い、フォンスはほっとした。

はじめて他の人間を前にしての「従者」としてのつとめは、なんとかなったようだ。

「騎士どの、馬上から失礼する」

猟師がシルヴァンの前で馬を止め、頭を下げた。

「森で行き交う者同士、余計な礼儀は無用」

シルヴァンが答える。

「この先二刻ほどで、私どもの村に出ます」

猟師が言った。

「村は今、領主の横暴で困っているのです。昨年は不作だったのに、税の取り立てが厳しく、村中が領主に借金している有様で、なんとか負担を軽くしてほしいと思っているのですが、領主は平民とは交渉せぬ、代理の騎士を連れてこいと申しておりまして、困り果てているのです」

シルヴァンは頷いた。

「なるほど、領主は騎士の位にある者か」

「はい」

「騎士同士ならば話はつけられるだろう。詳しい話を聞こう、村まで案内してくれ」

シルヴァンの言葉に、猟師は頷き、馬の向きを変える。

フォンスも慌ててボウの臀に飛び乗った。

いよいよ人里に出るのだ。

不審な従者と思われて、シルヴァンに迷惑をかけないようにしなくては。

猟師の言葉通り、間もなく森は開け、そして目の前に、なだらかな丘陵地が現れた。

牧草地と麦畑が入り交じり、低くなった場所には小川が流れ、細い街道沿いに民家が集まっている、フォンスが群れを出てからいくつか出会ったようなよくある村の風情だ。

「先触れをして参ります」

猟師がそう断って、村に向かって馬を駆け出させた。

シルヴァンはゆっくりとボウを進めながら、後ろに乗っているフォンスに言った。

「どうやら、村が困っているのは本当のようだ。わかるか、フォンス」

「え……いえ、わかりません」

遠目に村を見ただけで、どうしてそんなことがわかるのだろう、とフォンスが戸惑っていると、シルヴァンが片手を上げて畑を示した。

「畑が荒れている。あのあたりなどは本来、牧草ではなく麦を植えるべきよい場所だが、行き渡るだけの種麦がなかったのだろう。牧草地も、これだけの広さがあるのに牛や馬の数が少ないし、村の家々から立ち上る煙が少ない」

そういうふうに見るとわかるものなのか、とフォンスは驚く。

「あれが、領主の館だな」

シルヴァンは、村の反対側の丘の上を指さした。

確かに石造りの小さな館がひとつ建っている。

「……古い、手入れのよくない館だ。いかにも田舎《いなか》領主が住んでいるという風情だが、さて、領主本人はどんなものか」

独り言のようにシルヴァンが呟いた。

村に近づくと、先ほどの猟師を先頭に、男女入り交じった村人たちが待ち受けていた。

「騎士さま、お待ちしておりました」

「馬をお預かりします、どうぞこちらへ」

村の真ん中にある建物に案内され、シルヴァンは兜だけを脱いでフォンスに預ける。

こういう村によくあるのだろう、宿屋と食堂を兼ねた建物だ。

どこかの村でこういう建物に入っていって、「ドラゴンだ！」と叫ばれていろいろものを投げつけられて逃げ出したことを思い出す。

今にして思えば、縦長の虹彩を隠すこともできていなくて、無法ドラゴンが何か企《たくら》んで入り込んだと思われても仕方ないとわかるが、この建物から漂い出すおいしいそうなにおいに、泣きそうな気持ちになったことを覚えている。

しかし今フォンスは、騎士の従者として一緒に招き入れられ、「これを騎士さまにお持ちしておくれ」と飲み物が入った錫《すず》のジョッキを託されている。

帽子を被って顔を伏せて、相手に目がわからないように気をつけているとはいえ、やはり騎士と行動を共にしているというのは、素晴らしいことなのだ。

「お供の人はこっちで」

店の人がそう言って離れた席に食べ物と飲み物を用意してくれ、フォンスはそこに座って、中央の大きなテーブルでシルヴァンに向かって人々があれこれ説明するのに耳をそばだてた。

領主が無情で、昨年の不作のことを考えずに同じだけの作物を取り立てているというのは、確かに猟師の言っていたのと同じことだ。

村の代表が訪ねても最初から剣を構えて喧嘩腰《けんかごし》、話を聞いてもくれないらしい。年の頃は四十過ぎ、かつては戦場で手柄を立てた騎士だったらしいが契約ドラゴンはいない。

奥方を数年前に亡くし、一人娘は結婚して去り、「寂しそうなのは気の毒だけれど」と言う女もいる。

黙って話を聞いていたシルヴァンは、やがて静かに言った。

「話はわかった。それでお前たちの要求は、今年の税を軽くしてほしい、館に余分の穀物があるのなら放出してほしい、ということでよいのだな」

「はい」

村人たちが頷く。

「それでは、部屋をひとつ用意してもらおう。フォンス」

名前を呼ばれ、フォンスがシルヴァンの側に飛んでいくと、シルヴァンは「仕事だ」と冷静な顔で告げた。

ベッドが二つある部屋に案内されて扉が外から閉められると、シルヴァンはフォンスを見た。

「お前にやってもらわなくてはいけないことがある。まず館を訪ねて、こちらの口上を述べるのだ。できるか」

フォンスはごくりと唾を飲み込んだ。

いよいよ、騎士の従者としての、本当の「仕事」を任されるのだ。

失敗は許されない。

「いいか」

シルヴァンが少し身を屈《かが》め、フォンスの目を覗き込んだ。

碧の瞳は、こうして建物の中で見ると、少し影を帯びて色濃く見える。

「私の言うことをまるごと暗記すればいい。幸いお前は、言葉遣いはきちんとしているから、こういう役には立てるだろう」

言葉遣いがきちんとしていると、シルヴァンが褒めてくれたことが、嬉しい。

フォンスは、自分がどうしてこういう口調で話しているのか、よくわからない。

乱暴な人間語を話すドラゴンもいるから、そこは何か、そのドラゴンごとに本能的に選び取る口調というものがあるのかもしれない。

シルヴァンから口上を教わると、フォンスは緊張しながらも張り切って宿屋を出ると、館に向かって緩やかな坂道を上っていった。

館の前には堀があり、上がった跳ね橋の向こう側に、石組みの塀と、鋲《びょう》が打たれた木の門がある。

門番がこちらを見ているのを確認し、フォンスはシルヴァンから持たされた槍《やり》の穂先に巻きつけてあった四角い旗を、さっと開いて掲げた。

四ヶ所に区切られ、それぞれ地の色が違い、金糸や銀糸で複雑な縫い取りをしてある鮮やかな旗だ。

門番がはっとした顔になり、身を乗り出す。

フォンスはごくりと唾を飲み込んでから、思い切って声をあげた。

「わがあるじから館の騎士どのに、口上がございます」

人間の従者のふりをしているから「あるじ」と呼べるのがなんだか嬉しい。

「承る」

門番が応《こた》える。

「村人からの請願を、館の騎士どのが聞き入れてくださらないと訴えがありました。それがまことなら、わがあるじが村人に代わって、騎士どのと決着をつけたいと存じます」

難しい口上だが、なんとかつかえずに言い終わる。

「しばし待たれよ」

門番は慌ててそう言って、姿を消した。

騎士は騎士からの挑戦を決して断らないものだ、とシルヴァンから言われている。

シルヴァンは村人の代理として領主と戦う。

勝ったほうが正義であり、その主張が通るということになる。

やがて、門番がまた姿を現した。

「騎士どのからの挑戦をお受けします。日時、場所、武器は」

「お任せいたします」

これは決まり文句で、挑戦を受けたほうが決めるのだとシルヴァンに教わっている。

「それでは明日正午、村の広場にて、武器は剣で」

門番がすらすらと言ったので、フォンスは頷いた。

「承りました」

「それでは明日」

門番と丁寧に頭を下げ合い、槍の穂先にまたくるくると旗を巻いて、フォンスは向きを変えた。

心臓がどきどきしている。

でも、失敗なく、従者としてのはじめての仕事を終えたのだ。

宿屋に帰ると村人たちが待ち受けていたが、フォンスは真《ま》っ直《す》ぐにシルヴァンが待つ部屋に向かった。

部屋に入るとシルヴァンが無言で、しかし成果を尋ねるようにフォンスを見る。

「明日正午、村の広場、武器は剣で、とのことです」

フォンスがそう言うと、シルヴァンは頷いた。

「わかった」

そう言ってから、フォンスを見てつけ加える。

「よくやった」

褒められた！

嬉しくなって、フォンスはシルヴァンに言った。

「明日も、頑張ってお手伝いします！　村の人たちの暮らしが楽になるように、僕も手助けできると思うと嬉しいです！」

すると……シルヴァンは、わずかに眉を寄せ、フォンスははっとした。

何か、おかしなことを言ったのだろうか。

「あの……」

「お前の仕事は」

シルヴァンはそのまま表情を変えずに、淡々と言った。

「私が戦いに勝てるように手伝うこと。私の仕事は、戦いを挑んだ相手に勝つこと。それだけだ。村人の生活は、結果としてついてくることに過ぎない」

それは……村人の暮らしが楽になるように戦う、ということではないのだろうか。

今の言い方だと、シルヴァンは村人に依頼されたことは、ただ戦う口実としてしか考えていないようにも聞こえる。

口実があれば戦う。

そして戦うからには勝つ。

その結果として、その口実としての願いが叶《かな》う。

……それでも。

結果として村人を助けるのだから、それは正しいことなのだ、とフォンスは思ったけれど、なんとなく釈然としない気持ちになる。

だが、もしシルヴァンが負けたらどうなるのだろう……?

そう考えてフォンスははっとした。

騎士の決闘というものを、フォンスはまだ見たことがない。

だが戦いであるからには勝ち負けがあるわけで、相手がとても強かったらこちらが負けるかもしれない。

その場合……領主が正しかったということになり、村人たちは苦しみ続けるのだろうか。

いや。

領主が間違っているのだから、シルヴァンが勝つに決まっている。

今は余計なことを言って、戦いを明日に控えたシルヴァンの邪魔をしてはいけない。

「……食事を頼んでくれ」

シルヴァンがそう言ったのにほっとして、フォンスは部屋を出た。

食事を部屋に運び、給仕を断って黙って食べるシルヴァンの傍らで、フォンスもパンとチーズの塊を食べ、終わると食器を食堂まで下げる。

そのまま宿の厩《うまや》に行くと、ボウは馬装を解かれ、わらで身体を拭ってもらい、飼い葉桶と水入れは満杯で満足そうにしていた。

「なんだ、不景気な顔をして」

ボウがフォンスの顔を見るなりそう言った。

「明日は、俺は暇だがお前は忙しいはずだ、ご主人のためにちゃんと働くんだぞ」

「ボウは……明日は、暇なんですか？」

驚いてフォンスが尋ねると、ボウは不満そうに鼻を鳴らす。

「武器が剣なら、俺は決闘場までご主人を乗せていくだけだ。これが槍なら俺も鎧をつけてご主人を乗せての戦いになるんだが、今回は残念だ」

そういうものなのか。

「俺は何もできないが、お前はご主人のお支度などちゃんと手伝いをして、完璧な状態でご主人を送り出せるようにするんだ。責任重大だ、わかっているな」

ボウに念押しされ、フォンスは頷いた。

今日は領主の館に行って口上を述べることができた。

明日は明日で、鎧の着付けなど、きちんと手伝わなくては。

それこそが、シルヴァンに求められている従者としての仕事なのだから。

村人が救われれば嬉しいとか嬉しくないとか、そんな感情的なことを考えている場合ではないのだ。

シルヴァンが自分の仕事をするように、フォンスも自分の仕事をするだけだ。

「ちゃんと、頑張ります。お休みなさい、ボウ」

フォンスはそう言って部屋に戻った。

シルヴァンはすでに部屋の真ん中にある大きなベッドに横になって目を瞑っていたので、フォンスもそっと、従者用に用意されたもうひとつのベッドに入る。

人間のベッドで眠るのははじめてだが、なるほど、やわらかくて、布団も温かくて、とても寝心地がいい。

もう、ひとりぼっちで、何かに怯《おび》えて森の中を彷徨うのらドラゴンではない。

騎士さまと一緒に野宿をするだけでなく、こうして人間の宿屋のベッドで眠ることができるというのは、安心で、安全で、守られている感じがする。

これもすべて、シルヴァンが自分を拾ってくれたからだ、とフォンスは思い……気がつくと、ぐっすりと眠りの中に入り込んでいた。

翌朝、シルヴァンが部屋で簡単な食事をすませて支度を始めると、その様子を大勢の村人たちが見に集まってきた。

誰かが細く開けた扉が次第に大きく開き、廊下から村人たちが覗き込んでいる。

「あの……閉めましょうか」

フォンスが尋ねたが、シルヴァンは首を振った。

「騎士の身支度は秘密にすべきではない。妙な仕掛けを仕込んだりしていないと主張できるように。相手の身支度も村人が見に行っているはずだ」

そういうものなのか、とフォンスは感心した。

騎士同士の決闘には、まだまだ学ばなくてはいけない決まりがたくさんあるらしい。

しかし、そうやって身支度を公開するということは、フォンスにとっても緊張することだ。

誰も見ていなければシルヴァンはさっさと自分で身支度するのだろうが、従者がいるのに手を貸さないで見ているだけではおかしい。

もちろんフォンス自身にも、役に立たねば、役に立ちたい、という気持ちは大いにあるので、シルヴァンが鎧を身につけていくのを懸命に手伝った。

シャツの上から身につけた綿入れの鎧下にはじまり、鉄の靴、脛《すね》覆い、腿《もも》覆い、胴着、腕覆い、肩覆い、すべてが紐かバックルで留めるようになっている。

もたもたして見えないように、フォンスは懸命にあちらに紐を通し、こちらの紐を結び、こちらの金具にベルトを通していく。

時折シルヴァンが小声で「少しきつい」「もう少し緩く」と言うので、慌てて調整し、兜を除いておおよその身支度が出来上がりかけた頃には、フォンスのほうが汗だくになっていた。

これだけの金属を身につけて平気な顔で動けるのだから、騎士の身体というのはとても強靭《きょうじん》なのだと改めて感心する。

「そろそろお時間です」

部屋の外から誰かがそう声をかけるのが聞こえ、フォンスは慌てた。

急いで、胴着と肩覆いを繋ぐ最後の紐を結ぶと、待ちきれないようにシルヴァンが立ち上がり、兜を被る。

銀色に輝く鎧は、飾りは少ないがかたちがよく、シルヴァンの姿を品よく、それでいて逞しく見せている。

人々が感嘆の声をあげる中、シルヴァンはフォンスを従えて部屋を出た。

村人たちがさっと道を空け、そのまま宿屋を出ると、すでにボウが引き出されている。

シルヴァンがボウに跨がると、フォンスは手綱を摑《つか》んだ。

ゆっくりとボウが歩き出す。

「我らのために戦ってくださる騎士さま、ばんざい！」

「騎士さまの勝利を信じます！」

周囲を囲む村人たちが口々に叫ぶ中を、ゆっくりと広場まで進むと、すでにそこには決闘場のしつらえができていた。

大人の胸くらいの高さの板塀で囲まれ、その板塀には旗や花など、飾りつけがなされていて、びっしりと人々が囲んでいる。

塀の外にある台の上に進行役が立ち、事前に預けてあったシルヴァンの旗と領主の旗を掲げ、この戦いの趣旨を述べ終わったところのようだ。

向かい合って設けられた入り口から囲いの中に入ると、反対側から人馬がやってきた。

領主だ。

黒い馬に跨がり、背後には三頭の小馬にそれぞれ従者が乗ってつき従っている。

シルヴァンの銀色に輝く鎧とは違い、黒っぽい重厚そうな鎧を身につけ、体格もシルヴァンより一回り大きく見えて、ふとフォンスは不安を覚えた。

「強そう……に見えるけど……大丈夫、ですよね？」

思わずボウに尋ねると、ボウはむっつりと答えた。

「俺はいつでもご主人が勝つと信じているが、それでも何か起きて大怪我《おおけが》でもされたらと思うと心配だ」

ボウの言葉に、フォンスははっとした。

「大怪我……するようなことも、あるんですか……？」

「当たり前だ、決闘だぞ」

ボウは呆れたように鼻を鳴らした。

「必ずしも命のやりとりをするものではないが、それでも命がけで戦うものだ」

命がけ。

ということは……場合によっては、どちらかが命を落とすこともある。

なんとなく漠然と、規則に則《のつと》って勝ち負けを決める程度だと思っていたのだが、そんな簡単なものではないのだ。

フォンスは、昨日決闘が決まったときのシルヴァンの淡々とした様子を思い出した。

あれは――そういう何か、覚悟を決めた顔だったのだ。

ただ単に、勝ったら村人を助けられるから嬉しい、と浮かれていた自分が恥ずかしくなる。

「……フォンス」

少し苛立った声でシルヴァンに呼ばれ、フォンスははっとして馬上を見た。

覆いを少し上げた兜から覗く顔を見ると、わずかに眉が寄っている。

すでに何度か呼ばれていたらしい。

「は、はい！」

「剣を、村長のところへ」

腰のベルトから剣を抜き、シルヴァンはフォンスにそれを渡した。

前日にするべきことを教えられていたフォンスは、その剣を両手で捧《ささ》げ持ち、塀の外側の一段高くなったところにいる村長のところへ駆け寄る。

領主の従者も同じように剣を持ってきており、横目で見ると、その剣もシルヴァンのものより重そうで、飾りも多く立派に見える。

村長は剣を片方ずつ受け取り、毒や油が塗られていたり、柄の部分に別な武器が隠されたりしていないかどうかを形式的に確かめ、柄をこちら向きにして返して寄越す。

フォンスはそれをまたシルヴァンのもとに持ち帰り、手渡す。

進行役がらっぱを吹き鳴らし、シルヴァンはひらりとボウから下りた。

「外へ」

短く言われ、フォンスは慌ててボウの手綱を取って囲いの外に出る。

囲いの中で、剣を持ったシルヴァンと領主が向かい合った。

「前へ」

進行役が叫び、二人の騎士は同時に中央に進み出て、互いの剣を一度触れ合わせる。

広場を囲む村人たちがしんと静まり返り――

進行役が手にした赤い旗をさっと振り下ろすと、空気が一変した。

シルヴァンと領主がさっと剣を振り上げたかと思うと、かんかんかんと音を立てて素早く数度打ち合わせた。

わあっと観衆が沸き立つ。

シルヴァンがさっと後ろに飛びすさり、領主がそれを追ってシルヴァンの頭上に剣を振り下ろした瞬間、シルヴァンが素早く頭を下げ、領主の腕の下をかいくぐって肩で相手の胴体に体当たりをする。

よろめいた領主に向かってシルヴァンが振り下ろした剣は、とっさに片膝を折って逃げた領主の頭上を掠めた。

再び領主が振り下ろした剣を、今度はシルヴァンが自分の剣で受け止める。

ガツッという鈍い音が響き、フォンスがはっとして両手を握り合わせると、シルヴァンは受け止めた剣でそのまま相手の剣を押し返し、突き放した。

戦いはまったくの互角に見える。

「ボウ……ボウ」

フォンスは思わず傍らのボウに言った。

「シルヴァンさまは勝ちますよね？」

「勝負は時の運だ、見守り、祈るしかない」

ボウはむっつりと答える。

「それは……そうでしょうけど……」

そう言いかけたフォンスは、自分のすぐ側に、村人の子どもがいるのに気づいた。

驚いたようにフォンスを見上げている、その大きな目と視線が合って、慌てて帽子の庇《ひさし》を引き下げる。

金色の、縦長の虹彩に気づかれただろうか……ボウと会話をしていたことにも。

ドラゴンだと気づかれたら、子どもが怯えて泣き出したりして、大騒ぎになるのではないだろうか。

だが次の瞬間、わあっという人々の声が聞こえ、フォンスははっと決闘場の中に視線を戻した。

シルヴァンが目にもとまらぬ速さで剣を振り回しながら領主に詰め寄り、領主は自分の剣で防ぎながら、じりじりと後ずさりをはじめている。

シルヴァンが優勢だ。

領主のかかとにつけた銀の拍車が地面にひっかかり、領主は後ろ向きに倒れかけ、そこにシルヴァンが剣を振り下ろそうとした、そのとき。

シルヴァンの姿勢が妙なふうに崩れた。

両手で剣を持っていたのだが、右腕だけがシルヴァンの意図に反して勢いがつきすぎたかのように振られ、身体全体が右側に傾いだのだ。

人々が息を呑《の》む。

シルヴァンの右手が剣から離れ、狙《ねら》いが狂ってあさっての方向に振り下ろされる。

「あ……！」

フォンスはぎょっとした。

シルヴァンの鎧の、右の肩当てと胴着を繋ぐ部分……肩の後ろで結んだ紐が、解《ほど》けている！

それで、右肩だけが妙なふうに泳いだのだ。

紐を結んだのはフォンスだ。

最後の最後に、急がなくてはと思って焦って結んだ紐が……解けてしまったのだ！

どうしよう。

自分のせいで……シルヴァンが負けてしまう……！

シルヴァンが姿勢を崩したのを見て取って、領主が急いで体勢を立て直す。

領主の剣がシルヴァンの身体めがけて横に払われ、それがまともにシルヴァンの脇腹に当たった。

シルヴァンの身体がぐらりと崩れかけたが、腰をぐいと落として踏みとどまる。

勢い余って領主の身体がシルヴァンの背後に回った、次の瞬間。

重い両手持ちの剣を、シルヴァンは左手だけで握り、それを思い切り領主の膝裏めがけて打ち込んだのだ。

まさか脇腹を打たれた直後に、しかも左手だけでそんなことができるとは思ってもいなかったのだろう、不意打ちを食らった領主が、俯《うつぶ》せに倒れる。

シルヴァンは左手で持った剣を、領主の首元めがけて真っ直ぐに突き下ろした。

剣は、領主の首すれすれの地面に刺さり、シルヴァンは領主の背中に片足を乗せる。

うわあっと人々の歓声があがった。

らっぱが高らかに吹き鳴らされ、シルヴァンの旗がさっと掲げられる。

フォンスは呆然とその様子を見ていたが、はっと我に返った。

勝った。

シルヴァンが、勝ったのだ……！

「中に入るんだ」

ボウが教えてくれたので、慌てて囲いを開けて、ボウの手綱を引き、中に入る。

領主の従者も馬を引いて反対側から入ってくる。

そして村長と、立ち会いの村人数人、進行役もやってきて、シルヴァンと領主の傍らに駆け寄る。

「遍歴の騎士どのの勝利」

村長が重々しく宣言したのを合図に、シルヴァンは地面から剣を引き抜き、領主の背中を押さえつけた足を下ろして、領主に向かって手を差し出す。

領主は無言でその手を払い、自力で立ち上がった。

シルヴァンと騎士は向かい合い、兜の覆いを上げる。

「くそ」

領主は口惜しそうに言った。

「負けだ。だがそなた、鎧に何かあったな」

「紐が解けただけだ」

シルヴァンが表情を変えずに淡々と答えると、領主はため息をついた。

「それでとっさにあれだけの動きができるとはな。しかし、従者は罰するべきだぞ」

軽蔑したようにフォンスのほうを見たので、目を合わせないように、フォンスは慌てて顔を伏せた。

言われるまでもない。

自分のせいで、シルヴァンは負けてしまうかもしれなかったのだ。

どれだけ怒られても、どんな罰を受けても仕方のない大失敗だ。

従者をクビにされても仕方ないくらいの。

しかしシルヴァンはフォンスのほうは見ず、口調も変えずに領主に尋ねる。

「税の軽減、備蓄穀物の放出、この条件を実行していただけるか」

「むろんだ、負けた以上、仕方ない」

領主はため息をつく。

横暴な領主ではあっても、騎士の自覚と誇りがあれば、決闘で定められた条件は反故《ほご》になどできない。

「やった！」

「遍歴の騎士さま、ありがとうございます！」

人々が歓声をあげ、領主は無言で馬に乗ると、腹立たしげに馬の腹に蹴りを入れ、囲いから出ていった。

シルヴァンもボウに跨がるが、少し脇腹を庇《かば》っていることにフォンスは気づいた。

領主の剣がまともに入ったのだ、鎧と鎖帷子《くさりかたびら》を着ているとはいえ、無傷のはずがない。

早く手当をして休んでもらわなくては。

だがフォンスのそんな思いをよそに、村人たちがシルヴァンを取り囲む。

「騎士さま、本当にありがとうございます！」

「これで、我らもひといきつけます！」

「今夜は騎士さまのために宴を！」

「どうぞ、ご存分に村に滞在なさってください！」

しかしシルヴァンは静かに首を振った。

「騎士としての役目を果たしたまで。宴は遠慮する。先を急ぐので明日には出立しようと思う」

素っ気ないとも思える言葉に、村人たちは戸惑ったように顔を見合わせる。

「それでは……せめて何か、お礼を……」

言い募る村長に、

「礼は無用」

シルヴァンはそれだけ言ってボウに合図をし、囲いを出て宿のほうに向かったので、フォンスも慌てて後を追った。


「申し訳ありませんでした！」

宿の部屋に戻ると、フォンスは開口一番そう言って頭を下げた。

「僕が紐をちゃんと……」

「そうだな」

シルヴァンは無表情で、フォンスの言葉を遮る。

「二度とこんな思いはごめんだ。練習を積め」

と、いうことは。

「クビ……では、ないのですか」

シルヴァンは面倒そうに片眉を上げる。

「次はないぞ」

今回の失態は許してくれる、ということなのだ……！

「ありがとうございます！」

もちろん、もう二度と同じ失敗はしない。違う失敗もしたくない。

「さあ、もういいから鎧を脱がせろ」

シルヴァンに言われ、フォンスは慌ててシルヴァンの背後に回った。

着せたときとは逆の順番に鎧を脱がせていくと、右腕を上げるときにシルヴァンがかすかに顔をしかめたのがわかった。

綿入れの鎧下を脱ぎ、その下に着ていたシャツも脱ぎ去ると、美しい筋肉の乗った滑らかな素肌が現れる。

そしてその脇腹には、赤黒い跡がくっきりとついていた。

「い……痛そう……痛い、ですよね……？」

おろおろするフォンスの前で、シルヴァンはその変色した場所に手を当てる。

「骨は無事だ。宿のあるじに言って、湿布用の薬草があったら貰《もら》ってきてくれ」

「はい！」

フォンスは部屋を飛び出し、廊下の先の階段を下りようとして、ちょうどその階段を上がってきた一人の子どもとぶつかりそうになった。

「あ！　ご、ごめんね」

そう言って階段を下りかけたフォンスの上着の裾を、その子どもが引っ張る。

「え、な……」

振り向いたフォンスははっとした。

その子は、さきほど決闘場で、フォンスを一瞬目が合った子どもだった。
七、八歳と見える、貧しい服装の少年だ。
その子が、目を輝かせてフォンスを見上げた。

「あの、あの、あなたはドラゴン……ですよね？」

やはりばれてしまっていた。

ボウと話しているのを悟られ、まともに視線を合わせてしまったのだから当然だ。

あのときは、この子が泣き出して騒ぎになったら……と思ったのだが、泣くどころかその瞳は嬉しそうにきらきらしている。

「ドラゴンは人や馬の姿にもなれるって、本当だったんだ！　つまりあなたは、あの騎士さまの契約ドラゴンで……あの騎士さまはドラゴン持ちの騎士さまなんだ！」

「え、いや、あの、違う……」

フォンスは慌てた。

自分は契約ドラゴンなどではない。

そんな思い違いは、シルヴァンに申し訳ない。

しかし子どもは、訳知り顔に頷く。

「秘密なんですね？　遍歴の騎士さまには、いろいろ秘密があるんですよね、お名前もお国も明かさないし。大丈夫、僕、誰にも言いません！」

「う……ええと……」

契約ドラゴンと勘違いしているとはいえ、フォンスがドラゴンであることを誰にも言わないでくれるならありがたい。

それにしても……シルヴァンという騎士と一緒にいると、のらドラゴンとして彷徨っていたときとは、子どもの反応までこんなにも違うのだ。

「あの、それで僕」

子どもはフォンスの上着の裾を摑んだまま言葉を続ける。

「もしかして……騎士さま、何か怒っていらっしゃるのかなって、心配で」

「え？」

思いがけない言葉にフォンスが目を丸くすると、子どもはしょんぼりと目を伏せた。

「決闘に勝ったときも……喜んでいらっしゃらないみたいで……宴も出ずに、明日出発なさるって……だからもしかして、僕たちが、何か怒らせたのかなあって……」

フォンスははっとして、思わずしゃがんで子どもを目線を合わせた。

フォンスの縦長の虹彩の目を、子どもは真っ直ぐに見つめ返す。

「騎士さまは……怒ってなんて、いないよ」

フォンスはゆっくりと言った。

確かにシルヴァンは、領主との決闘を引き受けたときも、騎士としての義務感という感じで、村人のために、という様子はなかった。

だが、決闘は命がけだ。

迷惑な、気の進まない願いに応じて命を賭けるなどということが、あるはずがない。

飢え死にしかけたのらのドラゴンを拾ってくれるなどということも。

そして……先ほど、フォンスの失敗を許してくれたときのシルヴァンも。

素っ気ない態度ではあったが……冷たくフォンスを切り捨てるようなことはしなかった。

フォンスにもシルヴァンのことがまだよくわからないけれど、心の底から冷たい人などではない、ということはわかる。

だから今回の決闘でも、気を悪くしたり怒ったりしているのではなく、ただ感情を表に表さないだけなのではないか、という気がする。

「怒ってるんじゃなくて、その、とてもお疲れなんだ。そして、先を急いでいるのも本当なので、今夜はゆっくり休まないといけないんだ」

シルヴァンが本当に先を急いでいるのかどうかはわからないが、とにかくこの子に、シルヴァンが怒ってなどいないとわかってほしい。

「本当に……?」

子どもが言ったのでフォンスは頷いた。

「村の人たちの願いが叶って、騎士さまは嬉しいと思っているよ、本当だよ」

こんなふうにシルヴァンの気持ちを勝手に代弁していいものなのかどうかわからないが、とにかくこの子に、シルヴァンに対して悪い印象を持ってほしくない。

子どもは、ようやくほっとした顔になった。

「よかった……そうだよね、ドラゴン持ちの騎士さまなんだから、きっと他でもなさることがたくさんおありなんですよね」

そこの誤解は解き損ねたが、子どもの表情が明るくなったことにフォンスはほっとした。

子どもは笑っているほうがいい……人間でもドラゴンでも。

自分が、びくびく怯えたちびドラゴンだったから、そんなことを思うのかもしれない。

そしてはっと、自分が湿布用の薬草を貰いにいくところだったことを思い出した。

「じゃあね」

フォンスはそう言って子どもに手を振ると、急いで階段を下りた。


翌朝、簡単な朝食だけを頼み、部屋で食べると、シルヴァンはすぐにフォンスに手伝わせて身支度を調えた。

薬草の湿布を替えるときに、前夜は赤黒かった場所が黒ずんだ青に変わりつつあるのを見て痛々しく感じたが、シルヴァン自身は「だいぶいい」と落ち着いたものだ。

そして宿を出ると、見送りの村人たちが居並んでいて、その中から村長が進み出た。

「騎士さま、どうお礼を申し上げたらいいか……領主さまからは早速、最初の穀物が届けられました」

村長が示した先には、布袋を積んだ荷車が二台ほどあり、領主はきちんと約束を守るつもりなのだとわかる。

「それを見ればじゅうぶんだ、礼はいい」

シルヴァンがそう言うと、村長が慌てて村人に合図し、一頭の頑丈そうな小馬が引き出される。

「せめてこれを……駄馬ですが、人も乗せられます。お供の方にお使いいただけば、道のりもはかどりましょう」

「いや」

シルヴァンは言いかけ、ふとフォンスを見た。

「いや……確かに、それは助かるな」

そう言い直し、懐から小さな革袋を出してフォンスに渡し、村長を見る。

「相応の代金を支払う。それが、この小馬を受け取る条件だ」

村長は驚いて「でも、それでは」と首を振ったが、シルヴァンの表情を見て、言い募っても無駄だと悟ったのだろう。

「それでは……銀貨二枚で」

「三枚……それに宿代で、四枚だ」

シルヴァンがフォンスに命じる。

馬の値段などわからないフォンスだが、おそらく四枚でも小馬一頭の相場よりは安く、それがシルヴァンにとっての落としどころなのだろうと悟った。

急いで革袋から銀色の貨幣を四枚取り出し、村長に渡す。

「それではこれで」

「……ありがたく頂戴します」

村長が銀貨を押しいただき、村人が小馬の手綱をフォンスに手渡した。

目が合った瞬間、小馬がぎょっとし、後ずさりした。

「あ……あんた、ドラゴン……？」

「え、ええと、あの」

村人たちの前で小馬と会話するわけにはいかず、フォンスが口ごもっていると、

「大丈夫だ、このドラゴンはご主人の従者だ。取って食われるようなことはない」

傍らからボウが小馬に言ってくれる。

「ならいいけど……」

小馬はボウの言葉に安心したのか、後ずさりして手綱を引っ張るのをやめる。

ボウに乗せていた荷物を小馬に積み替え、そしてフォンスが乗っても、丈夫な小馬はびくともせず平気な顔だ。

そうやって、村人たちに見送られ、ようやく一行は村を出た。

振り返ると、村人たちはまだずっとシルヴァンを見送っており、フォンスをドラゴンと見破ったあの子どもが手を振っていたので、フォンスも手を振り返した。


その日は街道を歩き、日暮れ時になると街道沿いの林の中に入って野宿となった。

馬たちから荷を下ろすと、新しい小馬はボウと一緒に飼い葉を食べ始める。

それからシルヴァンと自分のためにパンと干し肉を、と食べ物が入った荷物を開けようとして、フォンスは見覚えのない袋に気づいた。

「あ……れ」

「どうした」

シルヴァンが気づいて寄ってきて、袋の中を見る。

その中には今朝《けさ》焼いたばかりと思われるパンや干し肉、炒《い》り豆など、食料がぎっしりと入っていた。

村人が荷物に紛れ込ませてくれたのだろう。

あれだけかたくなに礼を受け取ることを拒んでいたシルヴァンはどうするのだろう、と見上げると……

シルヴァンの口元がわずかに綻《ほころ》び、フォンスははっとした。

笑顔とまではいかないが、いつも厳しく唇を引き結んでいるシルヴァンの顔に、やわらかく優しいものが浮かんでいる。

「……こうでもしないと受け取らないと思ったのだな。ありがたくいただこう」

「はい！」

フォンスは嬉しくなって、焚火の傍らに布を敷いて食べ物を並べた。

パンの中には干した果物が練り込んであるし、干し肉も香草で香りがついていてとてもおいしい。

すると、シルヴァンがふと食事の手を止めて、言った。

「こういうものを用意するのも……不作の年に、厳しい年貢まで取り立てられている村では、なかなかに厳しいことなのだ」

フォンスははっとした。

そうか。いくらシルヴァンとの決闘で負けた領主が備蓄の放出を許したとはいえ、決して豊かではない村では、しばらくは食料を切り詰めなくてはいけないのだろう。

そしてフォンスははたと思いついた。

「もしかして……宴などを断ったのも、そのせいですか？」

豪勢な宴を催し、さらに何日も滞在すれば……それだけ村の負担となる。

もちろん村人たちはそんなことは覚悟の上で、それでもシルヴァンをもてなしたかったのだろうが、シルヴァンはそういう負担を嫌ったのだ。

フォンスの問いにシルヴァンは答えずにパンを囓《かじ》り、そしてフォンスを見た。

「子どもに対して……私のことを庇っていたな」

「え、あ、あの」

宿の廊下での会話が、部屋の中まで聞こえていたのだ、とフォンスは焦った。

騎士さまも嬉しいと思っている、などと勝手にシルヴァンの気持ちを代弁するようなことを言って、気を悪くしただろうか、とフォンスは焦った。

だがシルヴァンは淡々と言葉を続ける。

「相手の気持ちを慮《おもんぱか》り、楽にする、ということが私は下手だ。お前がそれをやってくれるのならそれでいい」

……つまり。

フォンスがあの子に言ったことは間違っていなかった、ああいうふうに言ってよかった、ということだ。

これは、褒められたということなのだろうか。

いや、いい気になってはいけない、自分はまだまだ半人前にすらなっていないのだから、とフォンスは気持ちを引き締めつつも、シルヴァンという人にまたひとつ認めてもらえたような気がして、嬉しかった。

十日ばかり旅を続けると、フォンスもようやく従者としての一通りの仕事ができるようになった。

シルヴァンは相変わらず口数が少ないが、それも気にならない。

小馬はポーと名づけられ、ドラゴンであるフォンスを少々警戒しつつも、先輩格のボウにすっかり懐いた。

途中に村があれば宿で休み、村がなければ野宿する。

革袋に常に水がいっぱいであること、飼い葉や食料が補充できること、馬たちが疲れすぎず荷が重すぎないこと……それさえ気をつけていれば旅は快適だ。

フォンス自身には、シルヴァンが五日に一回ほど砂金の粒をくれ、それで驚くほど体調はいい。

そしてある日、街道沿いの村に入っていくと、フォンスはすぐに村の様子がおかしいことに気づいた。

人がいない。

人通りがなく、家々の扉もぴったりと閉ざされ、その家々の背後にある農地にも人影はなく荒れ果てている。

「……何か、あるな」

村の通りにボウを乗り入れながらシルヴァンが呟く。

左右の家を見回していたフォンスは、とある家の二階の、窓の鎧戸が細く開いているのに気づいた。

「シルヴァンさま、あそこ」

シルヴァンが見上げると慌てたように閉ざされた鎧戸が、すぐにまた開けられた。

一人の男の顔が見え、一行の姿を見ると、急いで窓辺を離れ、そして今度は一階の、玄関の扉が、内側から開けられる。

「騎士さま……あなたは本物の騎士さまか」

怯えたような顔で、小声で男が問いかける。

「いかにも」

シルヴァンが頷くと、男が玄関から出てきた。

「遍歴の騎士さまか、悪者を退治してくださるお方か」

男がすがるように問いかけ、同時にフォンスは、周囲の家々の窓からいっせいに人々が顔を出したのに気づいた。

みな、何かに怯えている。

この村も、横暴な領主に困っているのだろうか。

「何か困りごとがあるのか」

シルヴァンが静かに尋ねると、男は頷いた。

「向こうの山に、悪いドラゴンが住み着いたのです。村長の娘をさらっていったのです」

ドラゴン、という言葉にフォンスははっとした。

「その上」

隣の家から、別な男が出てきて訴える。

「その娘を人質に金を要求してきて……村中の砂金や黄金、少しでも金の混じっている金属などはすべて出したのに、娘は返してもらえません」

従者であるフォンスを通さず、礼儀も忘れてシルヴァンに直接訴えているということは、相当に切羽詰まっているのだろう。

「騎士さま、どうかお力を」

「お願いします」

気がつくと家々から人々が出てきて、シルヴァンを取り囲んでいた。

「わかった、詳しい話を聞こう」

シルヴァンが頷くと、村人たちの顔に安堵《あんど》と希望が浮かぶ。

どの村にもある宿屋兼食堂に招き入れられると、白いひげを生やした村長が現れて、涙ながらにシルヴァンに事情を訴える。

どうやら一月ほど前に突然一匹のドラゴンが現れ、山の中にある洞穴に住み着いたかと思うと、畑を荒らし、作物を食い荒らしたあげくに、村長の娘をさらっていったらしい。

「目の中に入れても痛くない、たった一人の娘なのです」

村長が声を震わせる。

「どうか騎士さまのお力で、あのドラゴンから村をお救いください」

聞いていて、フォンスはいたたまれなくなっていた。

村を脅かしているのは、フォンスが出てきた群れにいるような無法ドラゴンだろう。

あの群れでも、時々群れを出ていっては、大量の金銀財宝を持ち帰ってくるドラゴンがいた。

人間を脅して持ち帰った財宝の量が多ければ多いほど、無法ドラゴンの中では褒め称《たた》えられ、力が増す。

弱いドラゴンたちは、そういうドラゴンにおべっかを使って金細工などをせしめ、それを自慢していた。

今、そういうドラゴンがこの村を脅かしているのだ。

同じドラゴンの一匹として、恥ずかしく、申し訳なくなる。

「それで」

シルヴァンが村人たちに尋ねる。

「ドラゴンの大きさは？　どういう力を使う？」

「立ち上がれば、村の教会の鐘楼ほどになります」

「そして、火を吐くのです。畑の作物などを焼き払ってしまいます」

ドラゴンとしては中くらいの大きさだろう、とフォンスは思う。

「わかった」

　おおよその話を聞き終わったシルヴァンは頷いた。

「なんとかしてみよう」

　そう言ってすっと立ち上がる。

「い、今からですか？」

「何か召し上がるとか……用意するものなどは」

　村人たちの言葉に、シルヴァンは首を振る。

「腹は減っていないし、疲れてもいない。武器もある。騎士が倒しに来たと、ドラゴンに悟られる前に動いたほうがいいだろう。大勢で見送ったりもせず、ただ静かにしているがいい」

　そう言って、フォンスを見る。

「ボウに鎧を。余計な荷物とポーはここに置いていく」

「ぼ、僕は」

「……お前は」

　シルヴァンはちょっと眉を寄せた。

「まあ、置いていくわけにもいくまい。私が負傷でもしたら、連れ帰ってくれる者が必要だしな」

　負傷でもしたら、という言葉にフォンスはぎくりとする。

先日の領主との決闘を見て、相手が同じ人間の騎士ならばシルヴァンは相当に強いのだとわかったが、相手がドラゴンだと、同じようにはいかないのだろうか。

人間とドラゴンの戦いなど見たことがないフォンスには見当もつかないが、群れの無法ドラゴンが「へなちょこ騎士を倒してやった」などと自慢していたことがあるのを思い出す。

不安を抱きながらもボウに馬用の鎧をつけ、シルヴァンの鎧も、緩んでいる場所などがないかどうか今回は念入りに点検する。

槍と剣を携え、鞍の後ろにフォンスを乗せて、ボウに跨がったシルヴァンは静かに村を出た。

言われた通り、村人たちは無言で見送る。

村人に教えられた方角に進み、途中から街道を逸《そ》れて、山のほうに上っていく道に入る。

道といっても、もともと畑だった場所をドラゴンが踏み荒らして無理矢理道にしてしまった、という感じだ。

山に近づくと、かすかに硫黄のにおいがしてきた。

ドラゴンが火を吐いたあとの匂いだ。

ボウがぶるりと身を震わせ「いやな感じだ」と呟く。

フォンスはそれをシルヴァンに告げなかったが、シルヴァンも同じように感じているらしかった。

木や草が黒焦げになった場所を通っていくと、行く手に木々の生えていない岩山が見えてきた。

その岩山に、大きな洞穴がひとつ、口を開けている。

あそこだ。

シルヴァンは慎重にボウを操り、洞穴に近づいた。

入り口付近にはドラゴンの気配はない。

シルヴァンは少し考えてから、ふわりとボウから下り、「ここで待て」と告げて、槍と刀を携えて洞穴に足を踏み入れた。

フォンスは不安でしかたない。

「ぼ……僕も……」

ついていく、と言いたくてボウを見ると、ボウは頷いた。

「ご主人を一人で行かせるのは俺もいやだ。今の『ここで待て』は、俺だけが聞いたことにしたい」

ボウが賛成してくれたことにほっとして、フォンスはシルヴァンの少しあとから洞穴に入った。

内側の壁はきらきらと光っている。

水晶の鉱脈でもあるのだろうか、ドラゴンは一般に金だけでなくこういう光り物が好きだから、いかにもドラゴン好みの洞穴なのだ。

先に行くシルヴァンの銀の鎧も光って見えていたが、やがて入り口からの光が届かなくなると、その後ろ姿が見えなくなる。

フォンスは少し迷ってから、思い切ってドラゴンの姿に戻った。

このほうが足音を立てずに歩けるし、暗闇でも目が利く。

洞穴の中の道はやがて下り坂になり、シルヴァンは手探りで壁に手を当てながら進んでいるのが、かすかに聞こえる音でわかる。

そして気がつくと前方にほんのりと光が見え始め、次第に明るさが増すのがわかった。

シルヴァンの足音が止まる。

フォンスも少し足を速めてシルヴァンに近づくと——

洞穴は突然開けた。

はるか高い場所にある亀裂から日の光が入り、それが壁に反射して、洞穴全体が鈍く光っている。

その洞穴の中に金銀財宝が散らばり、その真ん中に、一匹のドラゴンが丸くなっていた。

眠っているのだろうか、笛の音に似たいびきが聞こえる。

大きさは、後ろ足で立ち上がったボウを五倍くらいにした感じだろうか。

うろこは暗緑色に光っている。

背中にある翼はフォンスのものと同じで、鳥のように飛ぶことはできない大きさだが、厚みがあり、羽ばたけば空気が渦巻くような力はありそうだ。

シルヴァンは慎重に、ドラゴンとの距離をじりじりと詰めようとしている。

そのシルヴァンから自分の姿が丸見えになりそうで、フォンスは一歩下がろうとして、石に躓《つまず》いた。

からん、と石が音を立て——

「誰だ！」

ドラゴンがぱっと目を開けて叫んだ。

しまった、とフォンスが身をすくめるのと同時に、シルヴァンが右手で槍を、左手に剣を構え、叫んだ。

「ドラゴン、お前を倒しに来た！」

槍を構えてドラゴンに向かって投げようとした瞬間、ドラゴンがシルヴァンに向かってくわっと口を開いた。

その口から、シルヴァンめがけて炎が吐き出され——

とっさに、フォンスの身体が動いていた。

ドラゴンの吐く炎とシルヴァンの間に割って入り、自分も思い切り火を吐く。

炎と炎がぶつかった。

もちろん、フォンスの吐く炎のほうがはるかに小さく力は弱い。

それでもフォンスが吐いた炎にぶつかった相手のドラゴンの炎はそこで押し止《とど》められて広がり、なんとかフォンスとシルヴァンの身体を包むくらいの空白ができた。

炎の塊はそのままましゅっと収束して消える。

フォンスは、炎を吐きすぎてくらくらと目眩《めまい》がするのを感じた。

「なんだ、このちびは！」

フォンスに邪魔されたと気づいたドラゴンがフォンスめがけて前足を振り下ろすのと、

「フォンス！　このばか者！」

シルヴァンが叫んでフォンスの頸《くび》の後ろを摑んだのがほぼ同時だった。

ドラゴンの手は空を搔《か》き、フォンスの身体はそのまま横に放り出される。

「余計な手出しをするな、下がっていろ！」

シルヴァンはそう叫び、体勢を立て直した。

構えていた槍をドラゴンめがけて投げつける。

一度炎を吐くと、次に吐けるようになるまでには時間がかかる。

そうなると武器は、鋭いかぎ爪の前足と、強靱な力で人一人くらいはなぎ払える尾。

危険ではあるが、人間の武器でも立ち向かえる。

シルヴァンもそれを知っているので、急いで決着をつけようと思っているのだ。

槍はドラゴンの胸のあたりに刺さり、ドラゴンは激怒して後ろ足で立ち上がった。

シルヴァンに向かって叩《たた》きつけるように前足を下ろすのを、シルヴァンはさっと躱《かわ》す。

その身軽さにフォンスは思わず見とれた。

ドラゴンはシルヴァンめがけて何度も前足を振り回したり振り下ろしたりするのだが、そのたびにシルヴァンはさっと飛び退《の》き、その際に剣の先でドラゴンの前足を少しずつ傷つけていく。

だが、ドラゴンにとってはどれも、不愉快ではあっても決定的な傷にはならず、ますます激高するばかりだ。

このままではシルヴァンのほうが先に疲れてしまう。

何か手伝えることは、と思っても……ドラゴンとシルヴァンは絶えず居場所を入れ替えていて、足手まといにならずに加勢する隙が見つからない。

思わずあたりを見回し、フォンスははっとした。

ドラゴンが座り込んでいたあたりに、きらきらしたものが散らばっている。

砂金に似ているが、違う。

ドラゴンの汗、それも……黄金を食べすぎたときの。

シルヴァンが身軽なのはもちろんだが、ドラゴンの動きもおそらく、少し鈍いのだ。

そのとき、ドラゴンが暴れたせいで積み上げてあった財宝の山が崩れ、フォンスの足元に金メッキの鍋が転がってきた。

フォンスはとっさにそれを摑み、シルヴァンに向かって投げた。

「これを！　口の中に！」

シルヴァンはこちらを見もせず片手で鍋を受け止め、ちょうどシルヴァンに向かってくわっと開けていたドラゴンの口の中に放り込む。

ドラゴンは、その鍋をごくりと飲み込み……その瞬間、シルヴァンから完全に意識が離れたのがわかった。

「黄金中毒か！」

シルヴァンはどういうことなのか悟ったようで、素早く別な黄金細工を拾ってドラゴンに投げつけ、ドラゴンの口がそれを追いかけている隙にひらりとドラゴンの膝のあたりに飛び乗り、そこからさらに飛んで、胸に刺さっていた槍を抜き、再び地面に降り立つ。

胸元から、鎧を着ているときでも常に身につけている砂金の袋を取り出すと、その袋の口を少し開けて槍の先につけ、ドラゴンの口元めがけて投げつけた。

さあっと袋から砂金が零れ、ドラゴンの顔の周囲に薄い煙のように広がる。

ドラゴンは慌てて口を開け、空中に散らばった砂金を全部口に入れようと頭を泳がせはじめた。

うっとりするように縦長の虹彩が丸みを帯びる。

それを見てシルヴァンは兜の覆いを上げ、ぴゅっと鋭く口笛を吹いた。

と、洞穴の入り口のほうから、馬の足音が聞こえてくる。

ボウだ。

通り道にいたフォンスが慌てて場所を空けると、走ってきたボウにシルヴァンが飛び乗り、そのままドラゴンの長い尾から背中に向けて駆け上がった。

頭の上まで登ると、持っていた剣をドラゴンの眉間に突き立てる。

「うぎゃあ!」

ドラゴンが叫び声を上げた。

そのまま、完全に動きを止めて固まる。

眉間がドラゴンの弱点で、剣を突き立てられたら身体が動かなくなるのだ。

虹彩がすっと細くなり、ドラゴンが正気に返って自分の置かれた状況をゆっくりと悟っていくのが、フォンスにはわかった。

「動くな、動けば剣を深く突き刺す」

シルヴァンが落ち着いた声でそう言うと……

「くそ……俺の、負けだ」

ドラゴンが低く呻《うめ》くように言った。

「負けを認めるから、殺さないでくれ」

「お前が悔い改めて人間に迷惑をかけるのをやめると、誓うならばだ」

シルヴァンが素っ気なく答える。

「誓う、誓う、人質の娘は返すし、もう人間に迷惑はかけない」

「奪った財宝も返すか」

「返す、返す!」

「ならば、お前の名を名乗れ」

ドラゴンは苦しそうな顔になったが、どうしようもないと悟ったのだろう、いやいや口を開いた。

「トリケトラ」

「よし、ではトリケトラ、ゆっくりと地面に伏せよ」

そう言ってシルヴァンが眉間に突き立てた剣をゆっくりと抜くと、ドラゴン……トリケトラはボウとシルヴァンを落とさないよう、慎重に地べたに伏せた。

シルヴァンは軽やかにボウを操ってトリケトラから下り、その顔の前に立つ。

トリケトラは神妙な顔で、シルヴァンを上目遣いに見る。

「それではトリケトラ」

シルヴァンは厳《おごそ》かな声で言った。

「私はお前の名を知った。この先お前がどこかで悪さをしていたら、必ず私の知るところとなるだろう。お前は人里を離れた洞穴なり、どこかの群れなりに去るがよい」

「……それだけか？」

トリケトラは不審そうに言った。

「俺と……契約はしないのか？　見たところ……」

そう言ってトリケトラは、横目でフォンスを見た。

「あのちびしか連れていないようだが、まさかあれが契約ドラゴンではあるまい」

フォンスはぎょっとして、心臓が止まったような気がした。

トリケトラが言っているのは……シルヴァンと契約し、シルヴァンの契約ドラゴンとなるという話だ。

シルヴァンはトリケトラと戦って勝ったのだから、当然その権利がある。

この場でシルヴァンが「契約する」と言えば、シルヴァンはドラゴン持ちの騎士となり……そうしたら？

まさか契約していない自分のような半人前のドラゴンを連れ歩く理由はないのでは？

そんな……！

フォンスが愕然《がくぜん》としていると。

「……契約はしない」

シルヴァンがゆっくりと言うのが聞こえ、フォンスは自分の耳を疑った。

トリケトラも意味がわからない、というようにシルヴァンを見る。

「契約はしない？　俺はお前の契約ドラゴンにならなくてもいいのか？　だったらお前はどうして俺と戦ったのだ？」

「お前が人々に迷惑をかけているからだ」

シルヴァンはきっぱりと言った。

「だからお前がここから去るのなら、私の目的は果たされたのだ」

「……どうやら本気のようだな」

トリケトラはそう言って、ゆっくりと起き上がる。

「では、俺は、俺の名を知ったお前に、誓う。ここを去り、二度と人間に迷惑をかけないと」

「いいだろう」

シルヴァンはあたりを見回した。

「さらった娘は？」

「奥の洞穴に……金の鳥かごを見つけたので、そこに人間の娘を入れてみたかったのだ」

トリケトラがしおしおと答える。

「フォンス」

シルヴァンがフォンスを見たので、フォンスは飛び上がった。

「はい！」

「娘を……ああ、人間の姿でだ」

それはそうだ、この姿では村長の娘を驚かせてしまう。

ドラゴン姿のますます飛んでいこうとしたフォンスは、慌てて神経を集中していつもの人間の姿に戻り、奥の洞穴に駆け込んだ。


ドラゴンは山から去っていき、救出された娘をボウに乗せてシルヴァンとフォンスが山を下っていくと、村人たちが歓声をあげて家々から走り出てきた。

「騎士さま！　ありがとうございます！」

「これで村は救われました！」

「どうお礼を申し上げればいいのか」

口々に装ってシルヴァンを取り囲む村人に、シルヴァンは静かに首を振る。

「しなければならないことをしたまでだ」

そう言って、村を見回す。

「鍛冶屋は仕事ができる状態だろうか。剣と槍先を研《と》ぎ、馬の蹄鉄《ていてつ》を替えたい。その間、少し休ませてくれ」

「もちろんです！」

鍛冶屋が進み出て、シルヴァンはボウの手綱を渡す。

宿屋のあるじがシルヴァンを部屋に案内する。

シルヴァンが部屋に入り、続いて入ろうとしたフォンスを、あるじが呼び止めた。

「お供の方、お礼の宴の用意をしなくてはと思うのだが、騎士さまのお好みは？　酒や女は必要だろうか？」

フォンスにはもうシルヴァンの考えがわかっていたので、首を振った。

「主人は、ただ静かに休ませていただきたいので、お気持ちだけいただいて、宴はお断り申し上げます」

「しかしそれでは……」

「主人の意向なのです、申し訳ありません」

ぺこりと頭を下げて、フォンスは部屋に入り、扉を閉める。

部屋の中ではシルヴァンがもう鎧を脱いで寛いだ姿になっていた。

「うまく言ってくれたな」

シルヴァンがフォンスに頷いた。

「それと、お前には助けられた、礼を言う」

「え、あの」

助けるようなことをしただろうか。待っていろと言われたのに勝手についていって、音を立ててしまい、眠っていたトリケトラに気づかれてしまった。

怒られて当然のはずだ。

フォンスが戸惑っていると、シルヴァンは真面目《まじめ》な顔で言った。

「人間に酒中毒がいるように、ドラゴンにも黄金中毒がいると聞いたことはあったが、実際に目にしたことはなかったので、お前が教えてくれなければわからなかった」

フォンスはフォンスで人間の「酒中毒」というものがよくわからないが、無法ドラゴンも群れの中にも極度に黄金を好むものがいて、仲間の黄金すら盗んでいくので群れでも呆れられ、嫌われていたものだ。

そういうドラゴンは目の前に黄金があれば見境なく口に入れようとする。

金の汗を見てトリケトラもそうなのだと気づいたのだが、「中毒」という言葉は知らなかったので、ただ単に金の鍋を投げだけだ。

それだけでトリケトラの黄金中毒に気づき、とっさに砂金をまき散らし、ボウを呼んでトリケトラの頭に駆け上ったのは、まぎれもなくシルヴァン一人の力だ。

シルヴァンは笑顔を見せてくれるわけでも、優しい言葉をかけてくれるわけでもなく、今言われた礼の言葉さえ、素っ気ないとも聞こえる口調だ。

だが、だからこそ、それは心からの言葉だとわかる。

それが嬉しい。

そして改めて、つくづくシルヴァンは素晴らしい騎士だと思う。

相手が人間の騎士であろうとドラゴンであろうと、強い。

それでいて手柄顔をしない。

素っ気なく冷たいとさえ見えるが、心の中では助けた村人たちの負担のことも考えている。

この人が「ドラゴン持ちの騎士」でないのが不思議でたまらない。

「あの」

フォンスは、思わず口に出していた。

「シルヴァンさまは、どうしてあの……トリケトラと契約しなかったのですか？」

シルヴァンはわずかに肩をすくめた。

「……黄金中毒のドラゴンなどと契約したら、中毒を治すまでにどれだけの費用がかかるかわからない」

本当にそれが理由だろうか。

だがとにかく、戦って勝ったからといって、どんなドラゴンでもいいというわけではないのだ。

そうだとすると、この先、「これなら」というドラゴンと出会ってしまったら、そのドラゴンと契約してしまうのだろうか。

そうしたら、自分は……

そう思った瞬間、フォンスの口から勝手に言葉が零れ出した。

「あの……僕、やっぱりシルヴァンさまに、ご主人になっていただきたいです！」

シルヴァンが眉を寄せる。

「それは断ったはずだ」

「僕がまだ小さくて、弱いからですか？　だったら、僕がもっと大きく強くなればいいですか？　シルヴァンさまが連れて歩いて自慢できるくらいのドラゴンになったら、そして本気で戦ってシルヴァンさまが勝ったら、ご主人になってもらえますか？　それまで……他のドラゴンと契約するのを、待っていただくわけにはいきませんか？」

フォンスが必死にそう言うと……

シルヴァンは、ふうっとため息をついた。

「どう言えばいいのか」

呟くようにそう言ってから、フォンスを見る。

「お前に余計な期待を持たせることは残酷だろうから、はっきりと言おう。私はそもそも、ドラゴンと契約する気はないのだ」

「……え」

フォンスは、シルヴァンの言葉の意味がわからず、絶句した。

ドラゴンと契約するつもりがない……？

それは、相手がどんなドラゴンであろうと、ということだろうか？

だが、シルヴァンは遍歴の騎士だ。

遍歴の騎士というのは、ドラゴン探しの旅をしている騎士だと、群れにいた老ドラゴンは確かにそう言っていた。

ドラゴンのあるじとなり、人間の王に認められることが、騎士にとっての理想だと。

ドラゴンと契約するつもりがない遍歴の騎士、などというものが存在するのだろうか。

人間や、騎士についてフォンスが知っているのは老ドラゴンから教わったことだけだ。

契約ドラゴンを持つということは、すべての騎士にとっての目的ではないのだろうか。

「僕……僕……よくわからなくて」

ようやく、フォンスは言った。

「シルヴァンさまは、じゃあ、どうして遍歴の旅をなさっているんですか……？」

シルヴァンは少し考えてから、答えた。

「騎士としての、己の精神と技量を鍛え、高めるため……とでも言おうか」

シルヴァンはどこから見てもすでに立派な騎士だと思えるのに、まだまだそういう修業のようなことが必要なのだろうか。

騎士であるというのは、それほど厳しいことなのか。

そしてそのシルヴァンが、ドラゴンを必要としていないというのなら……どれだけ頑張ってもシルヴァンの契約ドラゴンになることはできないのだろうか。

フォンスが言葉を失っていると、シルヴァンが真っ直ぐにフォンスの目を見つめた。

「では尋くが、お前はどうして私と契約したいのだ？　私と契約すれば、お前は私の命令に従うだけの存在になる。どうしてそんなふうに、自らを主従関係で縛りたいと思うのか、私には理解できない」

どうして、と言われても。

とにかく自分は、それを目標に、群れを出てきたのだ。

乱暴で意地悪な無法ドラゴンの群れがいやだった。

そういうドラゴンにはなりたくないと思った。

自分が慕った老ドラゴンも、こんなところにいてはいけない、と言ってくれた。

そして、人間の騎士をご主人に持つことがドラゴンにとっての理想だと教えてくれた。

立派な騎士と契約してご主人になってもらう。

その騎士に仕え、助けて諸国を回り、よいことをたくさんしてそのご主人が人間の王に認められれば、ドラゴンのほうも、人々やドラゴンたちから尊敬される立派な身分のドラゴンになれる……と。

でも、改めてシルヴァンに「どうして」と尋かれると、言葉に詰まる。

老ドラゴンがそう言ったから、では答えにならないのだと、それはわかる。

フォンス自身がどう考えているか。

シルヴァンはその答えを求めているのだ。

「……僕……僕、わかりません。すみません」

しょぼんとしてそう答えると、シルヴァンの表情が少しやわらいだように見えた。

「わからないなら考えろ。その答え次第で、お前の行くべき道もわかるだろう」

そう言って、脱いだ鎧をひとまとめに抱える。

「私はお前を、人間の従者のかわりにした。お前がどうしてもドラゴンとして私と契約したいのなら私はそれに応えることはできないが、だとしたら従者でいるのもいやか？　私のもとから去るか？　私に止める権利はない」

「そんな！」

フォンスは慌てて、ちぎれそうなくらいに首を振った。

飢え死にしかけていた自分を拾ってくれたシルヴァンには、まだ全然恩返しをしていない。

ドラゴンとして契約できなくても、シルヴァンの役に立ちたいという想《おも》いは変わらない。

「従者として、お仕えさせてください！」

「では、鎧の手入れを」

シルヴァンが頷いたので、フォンスは慌ててシルヴァンの手から鎧を受け取った。


その村には二日ほど滞在した。

さすがにシルヴァンが一度断った宴などを催す余裕は、実際にはなかったらしく、シルヴァンは鍛冶屋に行く他は、宿の部屋で静かに過ごすことができた。

村人たちはトリケトラが去った洞穴に出かけ、山ほどの財宝を見て仰天した。

この村から奪ったものだけではなく、長い時間をかけてどこか遠くから持ってきたらしいものもたくさんある。

どうやらこの洞穴には大昔に別なドラゴンがいて財宝をため込み、いつしかそのドラゴンがいなくなったところに、最近になってトリケトラが住み着いたらしい。

持ち主のわからない財宝について村長に相談され、シルヴァンは、近隣の困っている村と分けて有効に使うよう助言した。

そしてシルヴァン自身も、手持ちの砂金をトリケトラに向けてばらまいてしまったので、それに相当する砂金と金貨を受け取った。

村人からはそれ以上の礼を差し出されたのだが、シルヴァンは断固として断ったのだ。

それがシルヴァンの生き方なのだ、とフォンスにはわかる。

ボウの蹄鉄は新しくなり、武器の手入れもすみ、再び一行は旅立った。


しばらく行くと、街道は森の中に入った。

もうフォンスは、野営の支度は慣れたものだ。

火を熾し、ボウとポーの荷を下ろしてねぎらい、餌《えさ》をやり、それからシルヴァンの食事の支度をして、自分もお相伴にあずかる。

暗い森の中、無言でシルヴァンと向かい合っていることにもすっかり慣れて、もう長いことこうして暮らしてきたような気さえしてくる。

火を見つめながら、フォンスは考えていた。

そもそもどうして、ご主人さまが欲しいのか。

そこに、自分自身の考えとしての答えが出なければ、騎士と契約する資格もないのだろう、という気がする。

シルヴァンの問いは、フォンスをそんなふうに考え込ませるものだったのだ。

そしてシルヴァンにも、フォンスがそうやって考え込んでいる理由はわかっているのだろうが、あえて口を出すことはなく、淡々と従者としての仕事だけを言いつけてくれるのが、むしろ考える時間を与えてくれているようで、フォンスにはありがたかった。

翌日、出発して間もなく、フォンスはポーに積んだはずの荷物がひとつ、見当たらないことに気づいた。

「シルヴァンさま」

ボウに乗って先に進むシルヴァンに声をかける。

「あの、どこかでパンの袋をひとつ、落としてしまったみたいです」

シルヴァンは眉を寄せた。

「落としたら気づきそうなものだ。昨夜の焚火の場所に忘れてきたのかもしれないな」

言われてみると、その可能性もある。

「僕、ちょっと見てきます。ここで待っていていただけますか」

フォンスはそう言って、ポーから飛び下りた。

荷を積んだポーやシルヴァンを乗せたボウに、余計な距離を歩いて戻らせるわけにはいかない。

まだそれほどの距離は歩いていないから、急いで戻ればそれほど時間はかからないだろう。

「一人で大丈夫か」

シルヴァンが尋ねたので、フォンスは頷く。

「大丈夫です！」

「わかった、気をつけろ」

シルヴァンの声を背に、フォンスは来た方向に向かって駆け出した。

途中でふと、ドラゴン姿のほうが速く走れることを思い出し、ドラゴンに戻る。

焚火の場所まで戻ってみると、確かにパンの袋はそこに置き忘れてあった。

「よかった」

ほっとしてその袋を持ち、フォンスがシルヴァンのもとへ戻ろうとしたとき。

「待て！」

鋭い声が背後から聞こえ、フォンスははっとして振り向いた。

森の木々の中から、明るい栗毛《くりげ》の、一頭の馬がゆっくりと進み出る。

その背には一人の騎士。

シルヴァンよりも少しずんぐりしているように見えるが、鈍く光る銀色の鎧を着た身体は、胸板の厚い立派な体格だ。

シルヴァンの深紅のマントとは違う、金色の房のついた、紫色のマントを着ている。

兜から覗いている髪は黒っぽい。

フォンスがはじめて見る、シルヴァン以外の騎士だ。

何か用事があって呼び止めたのだろうか、とフォンスが騎士を見ていると、騎士はふいに馬を駆けさせ、フォンスの間近まで来ると、持っていた剣をフォンスに突きつけた。

「こんなところで何をしている、人間の荷物を漁《あさ》っているのか！」

いきなり何を……と思いかけ、フォンスははっと、自分がドラゴンの姿であることに気づいた。

焚火のあとを漁っていると思われたのだ。

「違います、僕は……」

言いかけた口元に剣の切っ先が素早く移動し、フォンスはぎょっとして黙った。

どうしよう。

とりあえず……敵意はないことを示すためには、逆らわないほうがいい。

騎士は剣先を突きつけたまま、フォンスのまわりを馬でぐるりと一周する。

「若いドラゴンだな。近くに群れがいるのか。それとも誰か、騎士と契約しているのか」

フォンスは首を振った。

「では、のらドラゴンなのか？」

騎士は尋ね、フォンスは躊躇う。

騎士と契約はしていないが、のらでもない。

従者として仕えている騎士はいる。

「ええと、あの」

「黙れ」

騎士はぴしゃりと言い、じろじろとフォンスを眺める。

「小さいが、栄養は足りているようだな。時間はかかるが、いっそこれくらいの大きさのを手に入れて育てたほうが手間がかからないかもしれん」

独り言のようにそう言ってから、フォンスの真正面に立った。

「ドラゴンよ、これから俺と戦え。俺が勝ったらお前と契約し、俺をあるじとするのだ」

「え」

フォンスは仰天した。

この騎士と戦って、勝てる気などしない。

そして、負けたらこの騎士がご主人になる。

確かに自分は、騎士のご主人さまが欲しくて群れを出たのだが……出たのだが……

そのとき馬の足音が聞こえ、騎士ははっと振り向いた。

森の中を駆けてくる、一頭の黒い馬。

シルヴァンを乗せた、ボウだ。

近くまで来ると、敵意がないことを示すように、兜の覆いを上げる。

見知らぬ騎士もフォンスに突きつけていた剣を引き、自分の兜の覆いを上げた。

黒い眉のくっきりした、あさぐろくいかつい顔が露わになる。

「知らぬ顔だな」

騎士が言い、シルヴァンが頷いた。

「はじめてお目にかかる。そのドラゴンをどうなさるつもりか」

シルヴァンが落ち着いた声音で尋ねると、騎士はフォンスとシルヴァンの間に立ちふさがるように馬を移動させた。

「これは、俺が先に見つけた。戦う権利は俺にある」

「戦って、契約を結ぶつもりか」

「貴殿には関係のない話だ、離れていてもらおう」

このままでは、この騎士と戦わなくてはどうしようもない流れだ。

フォンスが思わず訴えるようにシルヴァンを見ると、シルヴァンは小さくため息をついた。

「実は、そのドラゴンは私の連れだ」

「なんだと？　嘘《うそ》をつくな」

騎士が気色ばむ。

「このドラゴンは、誰とも契約していないそうだぞ」

「騎士とドラゴンとして主従関係を結んでいるのではないが、わけあって、人間型の従者として連れているのだ」

「本当か」

騎士がフォンスを振り向いたので、フォンスは慌ててうんうんと頷いた。

騎士は肩をすくめた。

「ドラゴンを従者にするとは変わった男だな。だがそれはつまり、このドラゴンと正式な契約をしていないということだろう。だったら、正式な契約を賭けてこいつと戦おうという俺を邪魔する権利はないはずだ」

シルヴァンが言い返さないのを見て、フォンスは、騎士の言うことには筋が通っているのだとわかった。

どうしよう。

このままでは自分は、この見知らぬ騎士をご主人にするはめになってしまう。

そのときシルヴァンが静かにボウに合図し、シルヴァンを乗せたボウが、数歩こちらに近づいた。

「どうする?」

シルヴァンは直接、フォンスと目を合わせて尋ねる。

「お前は主人が欲しいと言った。この騎士どのは、お前を契約ドラゴンにしたいと言っている。だとしたら、この騎士どのを主人にすればいいのでは？」

「え……」

思いがけない言葉に、フォンスは驚愕した。

確かに自分は、騎士をご主人にしたい。

この騎士と戦って負ければ、群れを出てきた理由である、本来の望みが叶うことになる。

シルヴァンは、フォンスがそうすればいいと思っているのだろうか。

フォンスがこの騎士と契約して、シルヴァンのもとを去れば、成り行きで拾ったのならドラゴンの面倒を見なくてすむようになる、とほっとするのだろうか。

だとしたら……自分は……

フォンスが言葉に詰まっていると、騎士が馬の向きを素早く変えてフォンスのほうを向いた。

「なんだ、そういうことなら話は早い」

そう言うなり、剣をフォンスめがけて振り下ろす。

「うわっ」

フォンスは思わず悲鳴をあげて飛び退いた。

剣が続けざまに降ってきて、フォンスは騎士に背を向けて走り出した。

しかし、小さなドラゴンの短い脚は、大柄な馬の長い脚に敵《かな》うはずがなく、騎士はすぐに追いついてくる。

フォンスは木の裏側に回った。

しかし騎士の剣は右から左から木の幹を斬りつけ、切っ先がフォンスをその木ごと倒してしまいそうな勢いだ。

隙を見て次の木の陰に移っても同じことだ。

「ちょろちょろと逃げ回るな！　戦え！」

騎士が叫ぶ。

戦うといっても……フォンスには、火を吐くくらいしかできない。

その火だって一回吐いたらしばらくは使えないのだからチャンスは一度きりだ。

それに……

フォンスは、火を熾せと言われて、草地を丸焼けにしたときのことを思い出した。

自分には、火を適当な大きさに制御することができない。

思い切り火を吐いて、それをもし騎士が避けなければ、騎士も馬も丸焼けになってしまうだろう。

そんなことは、したくない。

相手を殺してしまうようなことは。

でもそうしなければ、自分が騎士に負けるのは時間の問題だ。

騎士はフォンスの頭を剣で叩き割りそうな勢いで振り下ろしてきていて、フォンスが大怪我をしても構わないとでもいうような雰囲気だ。

そんな怪我を負うことも怖いし、その後、この騎士をご主人さまと呼んでつき従わなくてはいけなくなるのも、いやだ。

この騎士と戦うのは、いやだ……！

「シルヴァンさま！」

思わず、フォンスは叫んでいた。

「シルヴァンさま、助けて！」

「何をわめいている！」

騎士がそう言って、大きく剣を振り上げた。

もうだめだ、とフォンスが短い手で頭を抱えた瞬間。

がつっという鈍い音がした。

そして……剣は、降ってこなかった。

「何をする！」

騎士の声にはっとして顔を上げると。

シルヴァンが、騎士の剣を、鞘《さや》に入れたままの自分の剣で、はっしと受け止めていた。

「邪魔をするのか！」

騎士は激怒して、シルヴァンに向き直る。

「そうだ、邪魔をさせてもらう」

シルヴァンが落ち着いた声で答えた。

「このドラゴンと戦う権利を賭けて、まず私と戦ってもらおう。それは認められているはずだ」

「な……っ」

騎士が口惜しそうに絶句する。

フォンスと戦う権利を賭けて、シルヴァンが騎士と戦う。

もしかしたら、二人の騎士が同時に一匹のドラゴンと遭遇した場合、そういうことが認められているのだろうか、とフォンスが思っている間に、

「いざ」

シルヴァンが騎士に向かって剣を構え、騎士も兜の下で舌打ちして、シルヴァンに向き直る。

「どいていろ」

シルヴァンがフォンスに向かってそう言ったので、フォンスは慌てて少し離れたところに走った。

二人の馬上の騎士は、剣を打ち合わせはじめた。

先日の領主との正式な決闘では、剣の戦いは馬に乗らずに行われたが、今は違う。

鎧を着けた騎士がやはり鎧をつけた馬に跨がり、剣で戦っている。

だが、両手持ちの重い剣で、馬体を脚で操りながらの戦いは、おそろしく難しそうだと、フォンスにもわかる。

しかしシルヴァンは一度も手綱に手を触れることなく、脚だけで繊細な動きをボウに伝え、右に左に相手の剣を躱しては、ここぞというときに前に出る。

フォンスはその動きに見とれた。

騎士のほうは時折片手で手綱を持ち、その一瞬剣さばきがおろそかになるのをシルヴァンは見逃さず……

「はぁっ！」

シルヴァンの剣が、相手の騎士の剣を下から上に向かって振り払い、騎士の手から剣が離れ、宙を舞った。

シルヴァンは自分の剣を片手で持ったまま、相手の剣をもう片方の手で受け止める。

「勝負はついたな」

シルヴァンは息も乱さず冷静な声でそう言って、相手の剣を、柄を相手のほうに向けて差し出した。

「……そういうことだな」

騎士は口惜しそうにそう言って、自分の剣を受け取ると、鞘におさめる。

「では、そのドラゴンは諦めよう」

騎士はフォンスのほうをちらりと見た。

「どうせ戦って勝っても自慢にもならないようなちびだ。惜しくはない」

捨て台詞《ぜりふ》を吐いて、馬の腹を拍車で思い切り蹴り、走り去っていく。

その姿が見えなくなると……

シルヴァンはボウから下りて大股でフォンスのほうに近寄ってくると、兜の覆いを上げ、

「ばか者!」

突然フォンスを叱りつけた。

「え、あ、あの……」

どの理由で怒られているのだろう、パンの袋を取りに戻るのにうっかりドラゴンの姿に戻ったことか、いや、そもそもパンの袋を忘れたことか、それとも騎士とちゃんと戦わずに逃げ回ったことか、シルヴァンに助けを求めてしまったことか、それともその全部なのか、心当たりがありすぎるが、とにかく謝らなくては。

「す、すみませ……」

フォンスが言いかけるのを、シルヴァンが厳しい声で遮った。

「いやならいやと、どうしてはっきり言わなかった！」

「え……」

シルヴァンが怒っている理由は、それなのか。

フォンスは「主人が欲しいのならこの騎士どのを主人にすればいいのでは」というシルヴァンの言葉を、シルヴァンがそう望んでいると思ったのだが……

そうではなく、ただ、フォンスの意思を確認していたのだ。

あの騎士と戦いたくない、あの騎士をご主人にしたくはないと、フォンスがはっきり言っていれば……シルヴァンは自分を、守ってくれたのか。

そう、結果的にそうしてくれたように。

「だっ……ごめんなさ……僕は……」

わかっていたはずなのに。

表面はそっけなく見えても、シルヴァンは冷たい人ではないということは。

飢え死にしかけていた自分を拾っていたときから、わかっていたはずなのに。

フォンスの目から、ぽろぽろと大粒の涙が零れはじめた。

泣いたりしてシルヴァンを困らせてはいけないと思うのに、止められない。

「……やれやれ」

シルヴァンは呆れたようにため息をつき、フォンスの頭をぽんぽんと叩いた。

「まあ、お前があんな男と主従関係を結ぶことにならなくてよかった。いい主人になるとはとても思えなかったからな」

　フォンスはシルヴァンを見上げた。

　涙で曇った視界をなんとかしようとして瞬《まばた》きし、目の中にたまっていた涙がまたぽろりと落ちる。

「いいご主人には……ならない……?」

　ご主人に、いいとか悪いとかがあるのだろうか。

「そこから教えてやらなくてはいけないか」

　シルヴァンは苛立った様子はなく、苦笑している。

「騎士もいろいろだ。武力だけを頼みにして、精神的な修養を重く見ない男もいる。さきほどの騎士が乗っていた馬の腹は、拍車で傷ついていた。馬をああいうふうに扱う男が、ドラゴンをどう扱うのか想像はつく。戦って勝つ価値のある強いドラゴンではなく、お前のような弱々しいドラゴンを手に入れようというのも、ドラゴンならなんでもいいという安直な考えだ。理想的な騎士ではない……それは、お前が求める主人の姿ではないだろう」

　淡々と、嚙んで含めるようにそう説明され、フォンスは自分が危ういところだったのだとようやく悟った。

騎士のしるしとしてシルヴァンもかかとに拍車をつけているが、それを使ってボウを蹴るところは見たことがない。

ボウと厚い信頼関係があるから、腿の力だけで、ボウに意思を伝えられる。

あの騎士はそうではなく、立派な、理想的な騎士ではない。シルヴァンは、フォンスが心ならずもそういう男のものになることを、防いでくれたのだ。

フォンスは、胸のあたりが熱くなるのを感じた。

何か、切ないような、焦《じ》れったいような、嬉しいのに悲しいような、不思議な気持ちになる。

これはいったいなんなのだろう、と戸惑いながら……

「ありがとうございました」

フォンスは心からそう言った。

「シルヴァンさまは、また僕を助けてくださったんですね」

そして……そのシルヴァンがご主人になってくれたらどんなに嬉しいだろうと改めて思うが、シルヴァンが契約ドラゴンを持つ気はないとはっきり言った以上、それを口にするのは、シルヴァンを困らせるだけだ。

それでも、フォンスが考えていることはシルヴァンに伝わったのだろう。

「まあ……お前が、自分で納得できると思う騎士を見つけるまでは、私が面倒を見てやろう。従者としても役立つようになってきたからな」

穏やかにそう言ってくれる。

そうだ。

自分は、シルヴァンの従者なのだ。

フォンスはそれを誇らしく感じ、もっともっと頑張って役に立たなくては、と思う。

それだけでも嬉しい。それだけでも満足しなくては。

「さあ、お前も、人の姿に戻れ」

シルヴァンはそう言ってボウに飛び乗った。

「ポーを荷物と一緒に残してきている」

フォンスは慌てて「よいしょ」と人の姿になった。

人からドラゴンに戻るより、ドラゴンから人になるときのほうが集中力が要《い》るが、それでもだいぶ慣れてきた気がする。

ボウに乗ってポーを置いてきたところまで戻ると、ポーは一本の木に繋がれて届く範囲の草を丸く食べ尽くしてしまっており、フォンスたちが戻ると、のんきな顔で「お帰りなさい」と言った。

森の中を縫っていた街道は、やがて川沿いに出て、山と川の間から、開けた平地に出ていく。

途中いくつかの村を通り、食料の補充など必要な買い物はしたが、基本的にシルヴァンは、よほど天気が悪いとき以外は宿に泊まるより野営をしたいようで、フォンスも誰かと目が合う心配をしなくていいので気軽だ。

特に遍歴の騎士の力を必要としている場所もなく、分かれ道があるとシルヴァンは少し考え「こちらにしてみるか」と、特に目的地があるわけでもない様子で旅を続ける。

そしてある日、行く手にこれまで見たこともないものがあることにフォンスは気づいた。

最初は、灰色のひとつの建物かと思った。

平べったい建物で、つんつんと棘《とげ》のようなものがたくさん生えている。

しかし次第に、それはとてつもなく大きな建物で、棘のようなものは全部、塔らしいと気づく。

まだ遠いが、人々の気配も信じられないくらいにたくさん感じる。

「シルヴァンさま、あれは⁉」

馬を進めている間シルヴァンはほとんど口を開かないのでフォンスも黙っているのだが、我慢できずに思わず尋ねた。

「あれは、街だ」

シルヴァンが答える。

「街……？」

「村がたくさん集まった、村の何倍も人がいる、そういうところだ」

シルヴァンはそう説明してから、ちらりとフォンスを見た。

「人が多いぶん、お前も目を見られないように気をつけるんだな」

そうか、そういうことなのだ。

前髪と帽子のつばのおかげで、これまで人間に見破られたことは一度しかないが、確かによりいっそう気をつけなくては、とフォンスは思う。

それにしても街というのはすごそうなところだ。

人間世界の中心地なのだろうか。

「あ、もしかして」

フォンスはふと気づいて尋ねた。

「人間の王さまがいるところなんでしょうか⁉」

老ドラゴンが人間の騎士について教えてくれたとき、騎士というのは王に仕えていて、ドラゴン持ちになれたら王に認められるとか言っていた。

つまり王さまというのは、騎士たちの一番上にいる人なのだから、あんな街に住んでいるのかもしれない、と思ったのだが。

シルヴァンは首を振った。

「あれでも、街としてはそれほど大きいほうではない。王は王都においでだ。あの街の数倍はある」

その口調から、シルヴァンはその王都とやらを実際に見たことがあるのだろうか、とフォンスは思ったのだが、シルヴァンがそれきり口を閉じてしまったので、あまりあれこれ質問してもいけないと思う。

しかし、あの街よりもさらに大きい王都というのはどんな場所なのだろう。

そして……シルヴァンは、いったいどれだけの間、どれだけの場所を巡り歩いているのだろう。

いつか、そんな話ももし聞けたら聞いてみたい、と思う。

そのまま進んでいくと、行き交う人々の姿が急に増えてきた。

フォンスたちが来た道はそれほど人の往来が多くなかったのだが、途中で広い街道に合流すると、街から来る人、街へ向かう人の数が急に増え、その人々が連れている小馬やろばなども多くなる。

遠くから、街が灰色のひとつの建物のように見えていたのは、街全体が壁で包まれているからだった。

街道は大きな門に吸い込まれており、そこに槍を構えたり剣を持ったりした兵が何人かいて、特に街へ入る人々を鋭い目で見つめ、何か不審なことがあると呼び止めて、荷物の中身を確かめたりしている。

怪しいと思われて、ドラゴンだとばれたらどうしよう、とフォンスは緊張したのだが、心配する必要はなかった。

シルヴァンの姿を見ると兵たちは兜に軽く手を当てて、「騎士どのとそのお連れか、どうぞ」と丁寧に通してくれたのだ。

フォンスは改めて、騎士というのは人々に尊敬されている存在なのだと思った。

門を入ると道は石畳になり、左右にびっしりと建物が並び、建物と建物の間から、さらに左右に道が延びている。

少し歩を進めると、数人の男たちが口々に声をかけてくる。

「これは騎士さま、今夜のお泊まりはお決まりですか？」

「鍛冶屋にご用は？　ご案内します」

シルヴァンは左右を見て尋ねた。

「以前泊まったことがある、跳《は》ね馬《うま》亭に行きたいのだが」

男たちは顔を見合わせ、一人の男が言った。

「跳ね馬亭は、別な騎士さまが滞在しておいでですよ。ドラゴン持ちの騎士さまで、中庭でそのドラゴンが見られるので、見物人が押し寄せていますが」

シルヴァンは眉を上げた。

「……それは落ち着かなさそうだな。では他にいい宿は？」

「二羽の小鳩《こばと》亭なら！」

別な少年が手を上げた。

「跳ね馬亭と同じくらいのお値段で、鴨肉《かもにく》の煮込みが自慢です！　お供の方と続き部屋をご用意できますよ！」

「それでは、案内を頼む」

シルヴァンが頷くと、少年は得意そうに他の客引きの男たちを見回してから、先に立って歩き出す。

背後で、男たちはもう別な旅人たちに声をかけはじめている。

途中街の広場を通り、物売りの屋台がたくさん出ているのをフォンスは感嘆して眺め、やがて少年が一本の路地に入っていくと、左右の建物の窓辺に飾られている置物や花に感心しているうちに、一軒の宿の前に着いていた。

少年は戸を開けて中に「騎士さまのお着き！　お供一人！」と声をかけ、それからきびきびと「騎士さまはどうぞ中へ、馬はこっちへ、馬鎧は脱がせて手入れして部屋にお届けします、お供の方の小馬は向こうで荷物を下ろしてください」と案内する。

これまで通った村々の宿屋とは雰囲気が違って、いろいろなことがてきぱき流れるように進んでいく、不思議な感じだ。

シルヴァンは先に宿に入っていき、フォンスは少年に案内された中庭でポーから荷物を下ろしながら、先ほどから気になっていたことを尋ねた。

「あの……ドラゴン持ちの騎士さまが……？」

「そうなんだよ！」

少年は親しげな口調でそう言って頷いた。

「俺も見に行ったけど、大きな立派なドラゴンだよ。あんたのご主人はまだドラゴンを持っていないようだけど、ドラゴンを見たこともないのかい？」

「見たことは……あるけど……」

「ドラゴンと契約するというのは大変なことだっていうからね。あんたのご主人もいつかドラゴンを持てるといいね」

少年は悪気がなさそうに言ってから、慌ててつけ足した。

「いや、あんたのご主人のことを何か、悪く言ってるんじゃないんだよ！　ドラゴン持ちじゃなくたって、騎士さまっていうのは大変な方々だからね！　こうやって騎士さまを宿にお泊めするのは、俺たちにとっても大変な名誉なんだよ！」

少年は騎士に憧れ、尊敬しているのだ。

その気持ちは伝わってくるが、それでもフォンスは、これがドラゴン持ちの騎士だったらもっと少年は嬉しかったのかもしれない、と思った。

シルヴァンだって……ドラゴンと戦って勝っているのだ、と言いたい。

ただ、そのドラゴンと契約するのを望まなかっただけなのだが……果たして、ドラゴンとそもそも契約するつもりがない騎士、というのが他にもいるのか、普通のことなのかおそろしく変わっているのか、それすらわからないのでうかつなことも言えない。

そしてフォンスは、その騎士と契約しているというドラゴンのことが気になっていた。

どんなドラゴンなのだろう。

自分がどんなドラゴンになれば契約ドラゴンになれるのか、そのドラゴンに会えば、何かわかったりするのだろうか。

そんなことを考えながらポーから荷物を下ろすと、「部屋はこっち」と少年が宿の建物に入っていく。

少年に案内されて宿屋の中に入ると、一階はやはり食堂になっているが、村の一軒宿のように外から人々が集まってくるという感じではないらしく、数組の客がいるだけで割合静かな、落ち着いた雰囲気だ。

階段を上がり、奥の部屋に案内されると、シルヴァンが兜だけ取って、鎧は着たまま窓辺に立っていた。

広い部屋ではなく、ベッドがひとつと、窓辺に椅子がひとつ置かれているだけだが、荷物や鎧を置いておける棚があり、奥には別のベッドが置かれている小さな続き部屋もあって、清潔で居心地のよさそうな部屋だ。

「ごゆっくり、夕食は一階へどうぞ」

案内の少年はそう言ってから、シルヴァンを見てさらに何か言いたそうにもじもじしている。

「なんだ」

シルヴァンが眉を寄せて尋ねると、少年は思い切ったように言った。

「他にご用があれば、なんでも承ります！　買い物とか、近くの村への使いとか……鍛冶屋にご用はありませんか？　それとも」

「ああ……わかった」

シルヴァンは片手で少年の言葉を止めた。

荷物の中から貨幣の入った袋を探し、銅貨を三枚ほど摑んで、少年に差し出す。

「駄賃はこれだ」

少年は銅貨を受け取りながらも戸惑った顔だ。

「ええと……それで、ご用は……」

「特に用はない、あとはほうっておいてくれ」

シルヴァンはそう言って、出口の扉を示す。

少年はシルヴァンを見て、手の中の銅貨を見て、もう一度シルヴァンを見て……それから、扉の脇に立っていたフォンスの手に、銅貨を押しつけた。

「ご用がないならいただけませんから」

少年はそう言ってぺこりと頭を下げると、部屋を出ていく。

扉を閉める瞬間の少年の顔を見て、フォンスははっとした。

悲しそうな、寂しそうな、どこか傷ついたような顔。

少年はもしかして……ただ駄賃が欲しかったのではないのではないだろうか。

「シルヴァンさま！　シルヴァンさま、今のはだめです！」

フォンスは慌ててシルヴァンに言った。

「今の子……銅貨が欲しかったんじゃないと思います！」

「何？」

シルヴァンが訝《いぶか》しげにフォンスを見る。

「きっとあの子は、もっとお役に立ちたかったんです！　何かご用を言いつけてほしくて……何もしないのにお金だけっていうのは、あの子が望んでいたことと違うんです。だから僕に、これを」

フォンスの手に押しつけられた銅貨をシルヴァンに見せると、シルヴァンははっと目を見開いた。

「あ……そうか」

大股で部屋を横切り、廊下に通じる扉を開けると、少年はまだそこに立っていた。

「悪かった」

シルヴァンは少年に言った。

「ちょっと、考え事をしていたのだ。頼みたいことがある」

フォンスの手から、先ほどの銅貨を受け取り、少年に差し出す。

「馬たちを見てくれないか、特に小馬の背に、荷鞍で傷がついていないかどうか」

少年の顔がぱっと明るくなった。

「はい！　もし傷ついていたら手当てしておきます！　ありがとうございます！」

今度は躊躇いなく銅貨を受け取り、頭を下げて、廊下を走り去っていく。

その後ろ姿を見送ってから、シルヴァンはフォンスを見た。

「……お前のおかげで、あの少年を傷つけずにすんだ。礼を言う」

フォンスはただ、少年の気持ちがわかっただけだ。

何もしないでお金を貰いたいのではなく……尊敬する「騎士」という立場の人のために、何か役に立ちたかっただけなのだと、どうしてかフォンスにはわかったのだ。

「いいえ、それより……シルヴァンさまに、生意気なことを言ってしまって」

とっさに「今のはだめです」などと……諫《いさ》めるような言葉を言ってしまった。

シルヴァンは真面目な顔で首を振る。

「いや、それがありがたかったのだ。もともと私は、他人の気持ちを推し量るのが苦手な上、一人で旅をしていると、自分の考えでしか行動をしなくなり……相手の気持ちというものを考える機会が減ってしまう。お前がそれを思い出させてくれたのだ」

フォンスは胸が一杯になり、そう言った。

「僕はただ……それも、従者のつとめなんじゃないかと、思って」

尊敬され憧れられはするが、孤高の存在である騎士と、普通の人々の間に立って、両方の気持ちを汲《く》み取って、騎士の役に立つこと。

いつしかフォンスは、従者の役割をそんなふうに考えるようになっていた。

そういう役に立てたのなら、本当に嬉しい。

「お前は」

シルヴァンは少し不思議そうに、フォンスを見た。

「いつの間にか、従者としての自分の立場をそんなふうに学んでいたのか。そして人間の、細やかな気持ちも理解している……群れにいたドラゴンがどうやってそういうことを学ぶのか不思議だが、お前はもしかするとその見た目よりも、ずっと思慮深く、ずっと大人なのかもしれないな」

フォンスはじわりと頬が赤くなるのを感じた。

ドラゴンの群れの中でも、縦や横の複雑な関係があって、繊細で傷つきやすいドラゴンもいて、それを隅っこで黙って見聞きしながら、いろいろなことを学んでいたのかもしれない、と思う。

ドラゴンの十歳は、人間の二十歳くらいだと出会ったときにシルヴァンが言っていた。

ドラゴンはその、十歳過ぎくらいまでは急激に成長し、その後はあまり年を取らずにかなり長生きできる。

フォンスが人間の姿を取ろうとするとどうしても今の、十五歳くらいの姿にしかなれないのだが、本当はもっと大人の姿であるべきなのかもしれない。

そんなことを考えながら、シルヴァンが自分を見つめている視線がなんだか恥ずかしくて俯いていると……

「さ」

シルヴァンが少し口調を変えた。

「とにかく、鎧を脱ぎたい」

そうだ、シルヴァンは部屋に入ってまだ、兜を取っただけで寛げる姿にもなっていなかったのだ。

慌ててフォンスはシルヴァンの背後に回り、あちこちの紐を解いて鎧を脱がせた。

脱がせた鎧の点検をしてきちんと棚に置き、荷物を整理していると、シルヴァンが何気なく言った。

「……ドラゴン持ちの騎士が気になるか」

フォンスははっとしてシルヴァンを見た。

「え、あの……どうして」

「話が聞こえた」

窓の下をシルヴァンが示したので慌てて窓辺に寄ると、確かに真下は、先ほど少年と話していた中庭だ。

「あ……はい……その騎士さまっていうより……ドラゴンが」

他の騎士に興味を示したとシルヴァンに思われるのがなんとなくいやで、フォンスはそうつけ加える。

するとシルヴァンは少し考えていたが、

「会いに行ってみるか」

ふいにそう言ったので、フォンスは仰天した。

「会いにって……その、見物に……?」

宿の少年は、見物人が押し寄せていると言っていたが、その中に混じって見に行く、ということだろうか。

しかしシルヴァンは首を振った。

「私がお前を連れてその騎士に会いに行けば、お前とそのドラゴンが話してみる機会もあるかもしれない」

そんなことができるのだろうか。

だとしたら……会ってみたい、話してみたい。

そして、シルヴァンが自分のためにそう言いだしてくれたことが嬉しい。

「お願いします……！」

フォンスはそう答えた。


宿の主人を通じて、一人の遍歴の騎士がドラゴン持ちの騎士にぜひご挨拶をしたいと言ってもらうと、今夜ならば構わないと返事があった。

以前シルヴァンが泊まったことがある、と伝えたのがよかったらしく、あちらの宿の人間がうまく話を持っていってくれたらしい。

日が暮れるとシルヴァンは、宿の主人から葡萄酒《ぶどうしゅ》を一本買ってそれをフォンスに持たせ、外に出た。

シルヴァン自身も鎧は着けず、やわらかいシャツの上から縫い取りのある腿までの長さの上着を着て、その上にいつもの深紅のマントを羽織っている。

武器も、腰に下げた短剣だけだ。

そういう姿でも、街を行き交う人に比べると逞しくて品があって、やはり騎士だということは一目でわかりそうだ。

跳ね馬亭に着くと、宿の小僧がすぐに察したらしく、

「騎士さまをお訪ねの、二羽の小鳩亭からお越しの騎士さまですね、どうぞ」

そう言って迎え入れてくれ、そのまま二階に案内される。

たしかにこの宿も居心地のよさそうだ宿だが、食堂には人が溢れ返っていて落ち着かない雰囲気なのは、やはりドラゴン持ちの騎士が泊まっているからなのだろうか。

「騎士さま、お客さまがお見えです」

宿の小僧が扉を叩いてそう言うと、

「どうぞ」

中から低い声がして、シルヴァンは扉を開けて中に入った。

ベッドが二つある、窓の大きな、広い明るい部屋だ。

そして部屋の真ん中に置かれた椅子に一人の男が座っていた。

シルヴァンと似た体格で、うねりのある黒髪を背に垂らした偉丈夫。

その騎士はシルヴァンの顔を見て、驚いたように立ち上がった。

「これは……アルビドールのシルヴァンか」

「サモレのマルティンどの」

シルヴァンも驚いたように相手を呼ぶ。

「ドラゴン持ちの騎士とは、あなたのことだったのか」

どうやら知り合いであるらしい、とフォンスは驚いて二人を見比べた。

サモレのマルティンと呼ばれた相手の騎士は、シルヴァンよりも少し年上だろうか。

眉の濃さがシルヴァンよりも少しいかつい雰囲気を与え、いかにも力のある騎士、という感じだ。

「久しぶりだな。王宮での小姓《こしょう》時代とあまり雰囲気は変わっておらぬ。相変わらずあまり愛想はなさそうだが、こんな街で他の騎士と交流したいと思う程度には人づき合いをするようになったのか」

サモレのマルティンはどこか皮肉めいた口調で言った。

「……あなただとはわからなかったので」

シルヴァンは静かに答える。

その様子を見て、フォンスはかすかな不安を覚えた。

最初は、昔の親しい知り合いなのだろうかと思ったのだが、二人の間には微妙な緊張感があり、親しげという感じではない。

もしかしたらシルヴァンは、フォンスがドラゴンに興味を示したので連れてきてくれたものの、知り合いに会うことは望んでいなかったのではないだろうか。

だとしたら、シルヴァンに申し訳ない。

「あ、あの」

フォンスが思わずシルヴァンに声をかけると、サモレのマルティンがさっとフォンスのほうを見た。

「これは従者か」

閉まった扉の前にいたフォンスのほうにつかつかと寄ってきて、いきなりフォンスの帽子を取った。

「あ！」

帽子に引っ張られて目を隠していた前髪も上がってしまう。

「……ほう」

サモレのマルティンは驚いたように眉を上げた。

フォンスの縦長の虹彩の目と、サモレのマルティンの薄い水色の目が合う。

冷たく酷薄な感じがする目だ。

「ドラゴンか」

面白そうにサモレのマルティンは言った。

思わずフォンスはぎゅっと目を閉じたが、今さらだ。

POSTCARD

STAMP HERE

101-8405

東京都千代田区
神田三崎町2-18-11

二見書房
シャレード文庫愛読者 係

通販ご希望の方は、書籍リストをお送りしますのでお手数をおかけしてしまい恐縮ではございますが、**03-3515-2311までお電話くださいませ。**

<ご住所>

<お名前> 様

＊誤送を防止するためアパート・マンション名は詳しくご記入ください。
＊これより下は発送の際には使用しません。

TEL	職業／学年
年齢　　代	お買い上げ書店

Charade愛読者アンケート

この本を何でお知りになりましたか？

1. 店頭　2. WEB（　　　　　）　3. その他（　　　　　　　　　）

この本をお買い上げになった理由を教えてください（複数回答可）。

1. 作家が好きだから（小説家・イラストレーター・漫画家）

2. カバーが気に入ったから　3. 内容紹介を見て

4. その他（　　　　　　　　　　　　　　　　　）

読みたいジャンルやカップリングはありますか？

最近読んで面白かったBL作品と作家名、その理由を教えてください（他社作品可）。

お読みいただいたご感想、またはご意見、ご要望をお聞かせください。

作品タイトル：

ご協力ありがとうございました。

お送りいただいたご感想がメルマガに掲載となった場合、オリジナルグッズをプレゼントいたします。

「シルヴァン、まさか、お前もドラゴンと契約をしたのか？　弱々しいちびに見えるが、これはわざとそういう姿を取らせているのか？」

「違う」

シルヴァンがそう言って、フォンスの前に歩み寄ってきて、サモレのマルティンの手からフォンスの帽子を取り、フォンスの頭に被せた。

「これは、弱っていたのをたまたま拾ったドラゴン。戦ってもいないし、契約もしていない。従者として連れ歩いているだけです」

「は」

サモレのマルティンは小馬鹿にしたように笑った。

「昔から、ドラゴン持ちの騎士になどなりたくないと言っていたお前が、契約相手でもない、なんの役にも立たなさそうなドラゴンを連れ歩くとはな」

その言葉にフォンスははっとした。

昔から……ドラゴン持ちの騎士にはなりたくなかった。

やはりシルヴァンは、もともとそういう考えなのだ。

でもいったい、それはどうしてなのだろう。

「それで」

「俺に会って、なんの話をしたいと思っていたのだ？」

サモレのマルティンが尋ねると、シルヴァンは淡々と答えた。

「このドラゴンが、騎士と契約しているドラゴンに興味があるというので。いずれはどこかの騎士と契約したい気持ちらしいのです」

「ほう」

サモレのマルティンは、シルヴァンの背後に隠れるように立っているフォンスを改めて覗き込む。

「なるほど、そういう心がけなら、会わせてやろう」

そう言うと、サモレのマルティンは、窓辺に寄ってさっと窓を開けた。

「シリカ、来い！」

その途端に、窓の外で地響きのような音がして、同時に何人かの人々がわっと驚いた声をあげるのが聞こえた。

「こんな夜になっても見物人がいる……それだけ契約ドラゴンは珍しいのだ」

サモレのマルティンが言い捨てるのと同時に、窓の外にぬっと、黒い塊が現れた。

ドラゴンだ。

立ち上がってちょうど二階の窓から顔が見える背丈の、ドラゴンだ。

フォンスは鼓動が速くなるのを感じた。

群れの無法ドラゴンと、黄金中毒のトリケトラしか見たことがないフォンスが、はじめて出会う、騎士と契約しているドラゴンだ。

黒っぽく見えたが、部屋の中のろうそくの明かりを受けて、その鱗《うろこ》は深緑に光っているのがわかる。

少し顔を伏せていたが、サモレのマルティンが「顔を上げろ」と命じるとすっと顔を上げ、部屋の中を見た。

乳色の目の中の縦長の虹彩は、鱗と同じ深緑だ。

「シリカ、これがわかるか」

サモレのマルティンがフォンスを指さし、ドラゴン……シリカは、ゆっくりと視線を動かしてフォンスを見た。

目と目が合ったが……シリカの瞳に、特に驚いたようないろは浮かばなかった。

「ドラゴンです」

低く、サモレのマルティンに向かって答える。

「どんなドラゴンだ？」

そう尋かれて、シリカはもう一度、今度はじっくりとフォンスを見る。

「おかしなドラゴンです。小さくて、弱々しい」

「その、小さくて弱々しいドラゴンが、騎士の契約ドラゴンになりたいのだそうだ。お前はどう思う」

サモレのマルティンの口調に、嘲笑めいたものが混じっている。

シリカは頭を下げた。

「なりたいと思うのは自由かと」

「俺が、お前との契約を破棄して、このドラゴンと契約すると言ったら？」

「このドラゴンを食い殺します」

躊躇いのないあっさりと答えに、フォンスはぎくりとした。

もちろん本気の話ではないのはわかる。

そしてシリカは、もしサモレのマルティンがフォンスを選ぶなら、フォンスを食い殺すと言っている……それだけ、サモレのマルティンを慕っている、ということか。

この主従は、強い絆《きずな》で結ばれているのだ。

騎士とドラゴンが契約するというのは、そういうことなのだ。

しかしサモレのマルティンはたいして嬉しそうでもなく、鼻で笑う。

「そうだ、お前はそうするだろう。そうするしかないのだから」

そして、もう一度シリカに尋ねる。

「では俺が、この騎士を殺せと命じたら？」

「もちろん殺します」

シリカの瞳がぎらりと光り、窓から首を突っ込むようにしてシルヴァンを見つめた。

フォンスはぎょっとしたのだが、シルヴァンはぴくりとも動かない。

「そうだな」

くっとサモレのマルティンが笑う。

「だが、命じない、今はな」

シリカは黙って首を引っ込めた。

これは――なんだろう。

フォンスは、なんともいえない、気持ちの悪い居心地の悪さを感じた。

サモレのマルティンは、シリカに命じる。

シリカは即座にそれに従う。

それが……騎士とドラゴンの信頼関係なのだろうが、何か、フォンスがぼんやりと感じていた関係とは、違うような気がする。

すると、シルヴァンが静かに尋ねた。

「私からドラゴンに質問しても？」

「ほう？　いいだろう」

サモレのマルティンは面白そうに頷く。

シルヴァンは一歩前に出て、シリカを真っ直ぐに見つめ、尋ねた。

「では、シリカ、あるじの許可を得てお前に尋ねる。お前のあるじが、ただちに自分を……あるじ自身を殺せと命じたらどうする？」

フォンスは息を呑んだ。

そんなことが……できるわけがない。

いくら主人自身に命じられても、その主人を殺すなどということが。

しかし……

「ただちに殺す」

シリカはあっさりと答えた。

シルヴァンは無言だ。

フォンスも、どう反応していいのかわからない。

そのとき……

「ははは」

ふいに、サモレのマルティンが声をあげて笑った。

「こいつはいい。それはそうだ、シリカは俺を殺すだろう。だが俺は決してそんなことは命じないから、そんなことは起こらないのだ」

その笑いさえ、酷薄に感じる。

自分だったら……この人を主人にするのはいやだ、とフォンスは思った。

シルヴァンも無口で表情の変化も少ないが、それでもちょっとした折に、シルヴァンの心の奥にある優しさを感じることができる。

でもサモレのマルティンにはそれを感じない。

シリカのことをまるで、命じるままに動く人形のように扱い、面白がっているように見える。

シリカはそれでいいのだろうか。

もちろん……シリカはサモレのマルティンと戦って負けたのだろうから、選ぶ余地などなかったのかもしれないが。

「さあ、これくらいにしておこう」

サモレのマルティンは、ふいにそう言って、シルヴァンを見た。

「そのドラゴンが持っている葡萄酒は俺への土産《みやげ》だろう？　一緒に飲もう。そのちびすけは、シリカと話したいならドラゴン同士、外で話でもしていろ」

フォンスがシルヴァンを見るとシルヴァンが頷いたので、フォンスは窓辺に駆け寄った。

「シリカ……お話を……いいですか……？」

「いいも悪いもない、主人が俺にそうしろと言うのなら」

シリカはそっけなく答え、窓から離れる。

「あの」

フォンスはおそるおそる言った。

「僕、この姿でここから飛び降りることは……外を回ります」

するとサモレのマルティンが命じる。

「シリカ、手伝ってやれ」

次の瞬間シリカは窓からぬっと前脚を入れ、フォンスの身体を摑んだ。

そのまま窓の外に出され、地面に軽く放り出される。

慌ててフォンスは立ち上がった。

そこは宿の中庭で、もうすっかり暗くなっているというのに、まだ柵から見物人の頭が覗いている。

シリカはこんなふうに見世物状態になっていて、落ち着かないのではないだろうか。

それも、「命じられた」のだろうか。

それでも、静かな声で話せば見物人に聞こえるというほどの距離ではない。

「それで？」

シリカが面倒そうに尋ねる。

「俺に何か尋きたいのだろう？」

だがフォンスは、自分が何を尋きたいのか、騎士と契約しているこのドラゴンと、何を話したかったのか、すっかりわからなくなってしまっていた。

そもそもはきっと……契約した騎士と旅をするというのはどんなことなのか、どういう冒険をしてきたのか、ドラゴンはどんなふうに騎士の役に立てるのか、騎士の役に立ったためにはどんなことを心がければいいのか、そんなことを知りたかったような気がする。

だが、さきほどのサモレのマルティンとシリカの殺伐とした問答を聞いたあとでは、そんなことを尋く気分ではなくなってしまった。

「あの」

それでもせっかくこうして差し向かいになったのだから、何か、と思い……

気がついたらフォンスは、こう尋ねていた。

「あなたは……幸せ、ですか？」

「はぁ⁉」

シリカが呆れたような声をあげる。

「幸せ？　わざわざ訪ねてきて、尋きたいことはそれなのか⁉」

その口調だけで、フォンスにはわかった。

シリカは幸せではない。

どうして自分がそんな質問をしてしまったのかよくわからないけれど、シリカの答えは、何かフォンスの胸に強い痛みを与えた。

騎士と主従関係を結んでいる、契約ドラゴンなのに。

無法ドラゴンとは違う、人に迷惑をかけることもなく、人々に尊敬される騎士に従ってその騎士を手助けする、人間からも怖れられたり拒絶されたりしない、素晴らしい立場を手に入れているはずなのに。

自分がそんな立場になれたら、きっと幸せだと思うのに。

言葉を失っているフォンスに、逆にシリカが尋ねた。

「お前、お前を連れてきたあの騎士と契約したいのか？」

フォンスは頷いた。

シルヴァンにその気がないのはわかっている。

それでも……もしかしてシルヴァンがいつかその気になってくれたら、その気になってくれるようなドラゴンに自分がなれたら、という望みは、捨てられない。

「それで、あの騎士と契約したらお前は幸せになれるとでも？」

シリカは馬鹿にしたように言った。

「誰と契約しようと同じことだぞ。あの騎士と契約すれば、あの騎士は俺のあるじと同じような主人になるだろうし、お前は俺と同じ立場になるんだ。主人を憎みながらも、従わなくては生きていけない立場にな」

憎む？

シリカは、主人であるサモレのマルティンを憎んでいるのか⁉

「どうして……」

「そのときが来れば、お前にもわかる。あの騎士を慕っても無駄だ、契約ドラゴンになろうなんて考えは捨てて、どこかの山にでも行け」

シリカはそう言ってから、わざとらしくあくびをした。

「これ以上お前と話すことはない、俺は寝る」

そう言って丸くなり、目を閉じてしまう。

フォンスはどうしていいかわからずしばらくシリカを見つめていたが、本当に眠ってしまったらしくぴくりとも動かない。

仕方なく宿の建物を見上げると、窓からシルヴァンがこちらを見下ろしていた。

「話は終わったのか」

いつもと変わらない淡々とした口調でそう尋ねたのでフォンスが頷くと、

「では、宿に戻ろう。表に回れ」

そう言ってシルヴァンは頭を引っ込める。

「……それじゃあ」

聞いているとは思えなかったけれど、フォンスは一応シリカに声をかけた。

「僕は行きます。ありがとうございました」

ぺこりと頭を下げてから表に回り、出てきたシルヴァンと並んで、来た道を戻る。

シルヴァンは、シリカとどんな話をしたのか尋かなかった。

そしてフォンスも、話すことができなかった。

シリカは幸せではない。

それは……サモレのマルティンを憎んでいる。

だとしたら……サモレのマルティンが冷たい人で、シリカを優しく扱わないからだろうか。

シルヴァンは違う。

シルヴァンだったら絶対にそんな主人にはならないだろう。

けれどそのシルヴァンは、フォンスと契約するつもりはない。

騎士の契約ドラゴンになることが自分の明るい未来だと信じて無法ドラゴンの群れを出てきたのに、自分はいったいどうすればいいのだろう。

二羽の小鳩亭の前まで戻ってくると、シルヴァンが足を止め、フォンスを見た。

「……お前は、自分の頭でいろいろなことを考えられる賢いドラゴンだ。お前はもっと世界を見るべきだ。お前が私の側で何かを得られると思うのなら、私についてくるがいい。私はそれを拒まない。そしてお前が、私の側を離れるときが来たと思ったなら、そのときには私はお前を引き止めない。私にできるのはそれだけだ」

それは……拒絶の言葉ではない、とフォンスは感じた。

いつも通りの、感情を表に出さないシルヴァンの口調だが、サモレのマルティンのような冷たさはない。

フォンスの考えを尊重し、見守ってくれると……フォンスが側にいたいと思う限り、従者としてなら側にいさせてくれると、そう言ってくれているのだ。

それが、フォンスには嬉しい。

フォンスはシルヴァンの目を真っ直ぐに見つめて、言った。

「ありがとうございます。僕はまだ、あなたの側にいたいです」

シルヴァンは無言で頷いたが、その目がわずかに細くなり、どこか切ないような笑みをかすかに浮かべたように見えた。

だがすぐに向きを変えて、宿の中に入っていく。

フォンスはふいに、胸の奥がぎゅっと痛み、同時に熱くなるのを感じた。

これは……前にも感じたものだ。

旅の騎士とフォンスが戦う羽目になって、シルヴァンが助けてくれたとき。

切ないような、焦れったいような、嬉しいのに悲しいような、不思議な気持ち。

これはなんだろう、とフォンスには自分の気持ちの正体がわからないままに、シルヴァンの後ろ姿からどうしてか目が離せなかった。


翌日早々に、シルヴァンは宿を発《た》った。

サモレのマルティンにもう一度挨拶することもせず、淡々と支度をして、入ってきたのと反対側の門から街を出ていく。

街は相変わらずドラゴン連れの騎士の話題で盛り上がっていたが、フォンスもう、シリカに会いたいとは思わなかった。

フォンスは改めて、自分がどうして騎士の契約ドラゴンになりたいのか、ということを考えていた。

老ドラゴンに言われたから。

無法ドラゴンの群れにいるのがいやだったから。

それだけが理由だろうか。

これまでシルヴァン以外の三人の騎士を見たが、どの騎士とも契約したいと思わなかった。

シルヴァンを除いては。

そのシルヴァンがどういうわけかドラゴンと契約する気はないとはっきり言っているのなら、自分はどうすればいいのだろう。

シルヴァンの気が変わるのを待つか。

シルヴァンと契約せずに、このまま従者として一緒にいるか。

そのどちらかしかない。

だったらいっそ、このまま従者でいてもいいのだろうか、とも思う。

だが本来従者は人間であるべきで、ドラゴンである自分が人間のふりをしているのは、やはりおかしなことなのだろうか。

他に、契約せずに騎士と一緒にいるドラゴンは存在するのだろうか。

そもそもこの世界に……ドラゴンの生き方というのはどれくらいあるのだろう。

群れの無法ドラゴン。

一匹で悪さをしているドラゴン。

騎士の契約ドラゴン。

フォンスが知っているのはそれだけだが、もしかしたらそれ以外にも、ドラゴンの生き方というのがあるのかもしれない。

だとしたら……シルヴァンが言ってくれたように、自分は世界を見るべきだ。

そして、自分の生き方を探すべきだ。

それがシルヴァンの側にいられる生き方なら……とフォンスは思っていた。


幾日か進むと、道が三つに分かれているところに着いた。

村があり、そこで話を聞いた限りでは、近辺に遍歴の騎士の力を必要としているところはない。

中央の街道はやがてまた街に行き当たり、左の道は貧しい村々を通っていずれ中央の道とまた合流する。

右の道は人気《ひとけ》のない荒れ野を越えて数日行くと、これまで通ってきた街道とは別な道に出るという。

「それでは、右へ行くか」

シルヴァンが決断を下す。

「この街道は人も多く、もし騎士の力を必要としている場所があっても、私以外の騎士も通るだろうから」

フォンスはその決断が嬉しかった。

やはり人通りが多い道を通ったり、村や街の宿に泊まるのは緊張する。

何日か野営が続くのなら、シルヴァンと自分、そしてボウとポーだけで旅ができるのだから、そのほうが嬉しい。

村で食料を調達すると、一行は右の道へと向かった。

しばらくは畑や牧草地が続いていたが、ひとつ岩山を越えるとそこには、人の手が入っていない荒れ野が広がっていた。

はるか遠くに山々が見えるが、あとはただただ背の高い草が生え、あまり人通りもないのだろう、街道もところどころその草に飲み込まれそうになっている。

それでも吹き渡る風は心地よく、よく見ると小さな花々が咲いていて、その花を目当てに小さな虫たちもいて、美しい道だとフォンスは思う。

シルヴァンも「この道は知らなかったが、悪くない」と呟き、ボウもポーも時折文字通り「道草を食い」ながら、一方はのんびりと進んでいった。

三日ほど進み、夕暮れ時になって、いつものように野営の場所を決める。

街道から一歩草むらの中に入って、ボウとポーが丸く歩き回って草を倒し、その真ん中の草を刈って石を積んでから、その中で火を熾すのがフォンスの仕事だ。

ボウとポーは荷物と鞍さえ下ろしてやれば勝手にその辺の草を食べ始めるので、すぐにシルヴァンの食事の支度にかかれる。

「シルヴァンさま、ここへ」

火の側の草をさらに念入りに踏んづけて敷き布を敷いてからフォンスは言い、鎧を脱いだシルヴァンが片手をついてそこに腰を下ろしかけたとき。

「あ！」

シルヴァンが声をあげ、片手を振り回すようにしながらその場に頽《くずお》れた。

「シルヴァンさま⁉」

はっとしてフォンスが駆け寄ると、シルヴァンの手に一匹の蛇《へび》が嚙《か》みついていた。

フォンスはとっさにその蛇を踏みつけた。

蛇の牙がシルヴァンから離れる。

「シルヴァンさま‼」

シルヴァンの顔はみるみる真っ白になって、きつく唇を噛んでいる。

毒蛇だったのだ。

どうしよう。

フォンスは大慌てでシルヴァンが噛みつかれた右腕を持ち上げた。

手首のあたりに二つ、蛇の牙の跡があり、血が滲《にじ》んでいる。

フォンスはそこに唇をつけ、思い切り吸った。

血の味と一緒に、何か苦いものが口の中に入ってくる。

それをぺっと吐き捨て、もう一度吸う。

とにかく毒を、出してしまわなくては……！

それだけを考えながら、必死で何度かそれを繰り返すと……

血の中に混じる苦みが次第に薄れ、やがてほとんど感じなくなった。

「シルヴァンさま」

シルヴァンの顔を見ると、眉を寄せ、額に脂汗が浮いていたが、フォンスを見て掠れ声で言った。

「水を……飲ませて、くれ……薄め、る」

水を飲ませ、身体の中の毒を薄める。

シルヴァンの言葉を理解し、フォンスは荷物の中から水が入った革袋すべてを取り出して、そのひとつの飲み口をシルヴァンの口に当てた。

しかしシルヴァンの唇は震え、うまく飲むことができない。

「おい、なんとかしろ」

傍らでその様子を見ていたボウが言った。

「俺にはどうしようもない、お前にしかご主人を助けられないんだ！」

フォンスは必死に頭を巡らせ、それから革袋を自分の口に当てると、水を含んだ。

そのままシルヴァンの唇に自分の唇をつけ、水を流し込む。

「……んっ」

ごくりとシルヴァンの喉が動いたのがわかった。

飲んでくれた……！

フォンスはもう一度、シルヴァンに水を飲ませる。

さらにもう一度。

革袋がひとつ空になり、もう一つも開ける。

次の水場がわからないので水は貴重だが、シルヴァンの命のほうが大事に決まっている。

そうこうしているうちに、シルヴァンの身体全体が急激に熱を持ってきたことにフォンスは気づいた。

　全身が震え、茶色っぽい汗が噴き出している。

　苦しそうな呼吸になっているシルヴァンの身体を毛布で包み、フォンスはシルヴァンの様子を見守った。

　大丈夫だろうか。

　シルヴァンは助かるだろうか。

　このまま、シルヴァンにもしものことがあったらどうしよう……！

　頭をよぎったその考えに、フォンスの全身がぞわりとした。

　いや、そんなことを考えてはいけない。

　そうは思っても、全身を震わせ、息が浅くなり、呼んでも答えないシルヴァンの様子を見ていると不安でたまらない。

　それでもフォンスは必死に、自分のしていることが正しいのか正しくないのかもわからないままに、できることをし続けた。

　火を絶やさないようにし、炎が少しでも小さくなると飛び上がって離れたところから茎の太い枯れかけた草を集めてくる。

　ボウが「熱があるときはたぶん、身体をあったためて頭は冷やすんだ」と教えてくれたので、シルヴァンの身体を毛布で温め、額を濡《ぬ》らした布で冷やす。

汗を拭き、時折口移しで水を飲ませる。

少したつと、汗の量は減ってきたが、今度はシルヴァンの顔色が白くなり、がたがたと震えはじめた。

フォンスはとっさに、シルヴァンをくるんでいる毛布の中に自分の身体を辷《すべ》り込ませた。

シルヴァンの身体を抱き締める。

シルヴァンの身体は、フォンスの体温よりもかなり冷たい感じがする。

フォンスは精一杯に手を伸ばして、なんとか全身でシルヴァンの身体を包もうとした。

もっと……こんな子どもの姿ではなく、手足が長い、大人の身体で、シルヴァンをすっぽりと包むことができたらいいのに。

自分の体温を全部シルヴァンに分けてあげられればいいのに。

体温を分かち合えるように、シルヴァンと自分の身体が溶け合ってしまえばいいのに。

そんなことを思いながらシルヴァンの頭を抱き締め、背中をさすり、手足の指を一本ずつ握っていると、シルヴァンの鍛えられた身体の逞しさがよくわかる。

この人が……蛇の毒などに負けてしまうはずがない。

自分や、ボウやポーを置いて、逝ってしまうはずがない。

シルヴァンの額が冷たいのを感じて、どうやって温めようか考え、フォンスはそこに唇をつけた。

ひやっとした感触は、間もなくぬるく変わった。

唇から熱を与えられているのだろうかと思い、何度も額に、頬に、顎に、唇をつける。

と、シルヴァンの腕が動いたような気がした。

無意識にだろう、フォンスの背中に腕を回してしがみつくようにする。

――シルヴァンが、自分を頼ってくれている。

フォンスの胸が、痛いほどに疼《うず》いた。

自分は今シルヴァンに頼られ、シルヴァンを守っているのだ。

ドラゴンが大事に大事に卵を抱くように、シルヴァンを抱いているのだ。

卵が孵化《ふか》するようにシルヴァンが蘇《よみがえ》るまで、何日でも飲まず食わずに、こうして抱いていてみせる。

そう決意しながらフォンスはシルヴァンを抱き締め直し、その身体にじんわりと体温が戻りつつあるように感じ――

いつしかフォンスも目を閉じていた。

「……フォンス」

シルヴァンが、呼んだような気がした。

フォンスはその瞬間、自分がどこで何をしているのかわからなくて混乱した。

「フォンス」

もう一度声がして、はっと目を開ける。

目の前にシルヴァンの顔があって、フォンスは驚いて飛び起きた。

そうだ……シルヴァンの看病をして、シルヴァンの体温を上げようと抱き締め……そしてそのまま自分も眠ってしまったのだ！

日はすっかり高くなっている。

慌ててもう一度シルヴァンを見ると……シルヴァンは横たわったまま目を開き、しっかりとした視線で、フォンスを見つめていた。

少し疲れたように、しかしわずかに細めた目は、微笑《ほほえ》んでいるようにも見えるのだが、勘違いだろうか。

「シルヴァンさま！　気がつかれたのですね！」

「……水を」

シルヴァンが言ったので、フォンスは慌てて水袋に口をつけようとし、はっとした。

あれは……シルヴァンの意識がなく、自分で飲めないようだったので……

「あ、あの、どうぞ」

袋を口元に差し出すと、今度はシルヴァンは自力で水を何口か飲む。

それからふうっと息を吐き出した。

「土蛇にやられたのだな。あの蛇の毒は、すぐに処置しないと命が危ないのだが……お前が、私を助けてくれたのだな」

少し掠れた、優しい声。

そしてその目は、勘違いではなく……本当に、微笑んでいる。

助けてくれた……つまり、シルヴァンは……助かった……？

「もう……大丈夫……なんですか……？」

呆然としたフォンスが尋ねると、シルヴァンは頷いた。

「ああ、昨夜のうちに死ななかったのだからもう大丈夫だ、ずいぶん気分もいい」

そのしっかりとした口調が、シルヴァンの言葉が本当だと教えてくれる。

シルヴァンが助かった。

死なずにすんだ。

死なせずにすんだ……！

ようやくそれは本当なのだと思えた瞬間、フォンスの視界が曇った。

次の瞬間、ぼろぼろと涙が零れ出す。

止まらない。

「……相変わらず」

シルヴァンが苦笑し、上体をゆっくりと起こしたのがわかった。

フォンスの頭に、シルヴァンの手がそっと乗せられる。

温かい。

「泣くな、まあ泣きたいなら泣いてもいいが」

声がやわらかく、優しい。

こんな声を出すシルヴァンの顔が見たいと思うのに、涙はどうにもこうにも止まらない。

「僕……僕……あなたが、いなくなったら、どうしようかと……思って……」

シルヴァンを助けなくてはと夢中だったが、フォンスの中にずっと渦巻いていたのはその不安だったのだ。

「お前は」

シルヴァンが苦笑する。

「どうして私ごときにそんなに思い入れたのか」

どうしてと言われても、シルヴァンがシルヴァンだからだ、としか答えようがない。

するとシルヴァンがフォンスをじっと見つめた。

「……夢を、見ていた」

「夢……？」

鼻をすすりながらフォンスが尋ねると、シルヴァンが頷く。

「子どものころのように、誰かに優しく抱き締められ、あやされている夢……なんの心配もいらない、ただ安心してまどろんでいればいいのだと思えるような……この世にはなんの苦しみも不安もないのだと、思えるような」

その瞳が何か懐かしいものを思い出すように空を見てから、またフォンスを見る。

「誰かの腕に抱かれていると気づいて目を開けたら、お前だった。だが……今のお前ではないような感じがした」

その目が、少し細められる。

「髪が藁色ではなく、流れるような、輝く銀色で……陶器のような肌の、驚くほど優雅で美しい姿……なのに、はっきりとお前だとわかる……最初に見つけたときのような、寄辺のない幼子ではない、大人びた美しい姿は……お前の本当の姿なのかもしれない、と……夢の中で考えていた」

銀色の髪、驚くほど優雅で美しい姿。

自分がそんなふうに見えたなんて……シルヴァンが熱に浮かされていたからだろう、とは思うのだが、なんだがくすぐったく嬉しい。

自分の「本当の姿」は、小さなドラゴンだ。

そして人型になっても、藁色の髪の、痩せた少年の姿にしかなれない。

シルヴァンを温めるために、もっと手足の長い、大人の身体だったら……と願ったことは確かだが、その願いの一部がシルヴァンに伝わって、シルヴァンの中でそんな夢になったのだろうか。

「もしかすると」

シルヴァンが何か考え込むように続ける。

「実際もう少し先に、お前はああいう姿を取れるようになるのかもしれないな」

「もしそうなら……その姿でいたほうが、いいですか？」

フォンスが思わず尋ねると、シルヴァンは首を振る。

「騎士の従者にしては目立ちすぎる姿だった。今のお前は、今の私が連れて歩くのにちょうどいい姿なのだから、それでいい」

今のままでいい。

その言葉に、フォンスは嬉しくなる。

と、シルヴァンが唇の端でちょっと笑って言った。

「泣きやんだな」

「あ」

気がつくと、涙は止まっていた。

シルヴァンが大きく伸びをする。

「さて、腹が減ったな」

そうだ、シルヴァンは昨日から何も食べていないのだ！

フォンスはぴょんと飛び上がってあたふたと食事の支度をはじめた。

ボウとポーもシルヴァンが起き上がったのを見て安心したようで、少し離れたところで草を食んでいる。

豆と干し肉と香草のスープを、シルヴァンはゆっくりと食べ始め、顔を上げる。

「美味《うま》い……最初は火も熾せなかったお前が、本当にずいぶんといろいろなことができるようになった」

静かで穏やかな、その言葉がフォンスの胸に真っ直ぐ入ってくる。

なんだか……シルヴァンの心を鎧っていたものが一枚はがれ落ちて、フォンスとの距離を一歩縮めてくれたように感じて、フォンスは嬉しい。

フォンス自身もようやく空腹を覚え、シルヴァンの隣に座って給仕しながら自分も食べていると、シルヴァンが静かに尋ねた。

「お前は……やはり、騎士の契約ドラゴンになりたいのか」

フォンスははっとしてシルヴァンを見た。

もしかしたら……シルヴァンの気持ちに何か、変化があったのだろうか。

「はい……はい！　でもあの、誰でもいいんじゃなくて……シルヴァンさまの！」

思い切ってそう言うと、シルヴァンがかすかに眉を寄せ、小さくため息をついたので、フォンスははっとした。

やはり、だめなのだろうか。

するとシルヴァンはスープの入った器を置いて、目の前の、焚火の炎を見つめて、言った。

「私は……力尽くで屈服させたドラゴンを、縛られた主従関係で支配することを望まないのだ」

力尽く……屈服……支配。

フォンスにはシルヴァンがそういう主人になるとは思えない。

シルヴァンがフォンスを見る。

「サモレのマルティンと、シリカの関係を見ただろう？　シリカとは何を話した？」

「……シリカは……ご主人を、憎んでいる……って」

フォンスがしぶしぶ答えると、シルヴァンは頷く。

「そうだろう。そういうものなのだ、騎士とドラゴンの契約というものは。シリカはマルティンと戦って負け、自分の真実の名前を明かさなくてはいけなかった。最初に名前を打ち明けた人間に、ドラゴンは支配される。名前と契約によって、マルティンはシリカを支配している。シリカはマルティンを憎みながらも、従うしかない」

真実の名前。

シルヴァンとフォンスが出会ったとき、シルヴァンはフォンスに名乗らせず、呼び名をつけてくれた。

それは……真実の名前を人間に知られるということに、特別な意味があるからなのだ。

「で、でも」

フォンスはサモレのマルティンの言葉を必死に思い出す。

「マルティンさまが、シリカとの契約を破棄して、僕と契約すると言ったら、シリカは僕を殺すと言いました。それは……シリカが、マルティンさまのドラゴンでいたいからではないんですか……？」

シリカは、マルティンを憎みつつ、契約を破棄されたくはない。

だが、マルティンが自分を殺せと言ったら躊躇いなく殺す、と……それは命令に従わなくてはいけないからなのだろうか、それとも憎んでいるからなのだろうか。

「シリカには選択肢はないのだ」

シルヴァンは淡々と言った。

「契約から解かれた瞬間にシリカがマルティンを襲うことは目に見ているから、新しいドラゴンにシリカを殺させるか、自分でシリカを殺すか、どちらかだろう。だからシリカは自分を守るために、マルティンと契約しそうな新しいドラゴンと戦い、殺して排除するしかない。マルティンはいずれにせよ、戦いに勝ったほうの、より強いドラゴンを得るだけだ」

フォンスは絶句した。

マルティンとシリカの関係は、そんなにも殺伐としたものなのか。

シリカは、マルティンを憎みつつ従うしかないのか。

そんなシリカに「幸せか」と尋いてしまった自分は、きっとシリカを傷つけてしまった。

それにしても……

「どうしてマルティンさまは、そんな……」

「マルティンだからではないのだ」

シルヴァンが真っ直ぐにフォンスの目を見た。

その瞳は、怖いくらいに真剣で、そしてどこか、哀しみを帯びている。

「騎士とドラゴンの契約とは、そういうものだ」

フォンスは首を振った。

「シルヴァンさまなら、そんなご主人にはなりません！」

「なるのだよ」

シルヴァンはフォンスから目を逸らし、また火のほうを見る。

「……それが、ドラゴンと契約する騎士にかかった呪いのようなものだ。騎士はドラゴンと契約した瞬間、『愛』という感情を失うのだ」

「愛……？」

思わずフォンスが尋ね返すと、シルヴァンは少し首を傾げた。

「ドラゴンにはあるのだろうか……誰かを好きだと、いとおしいと、理屈抜きで大切にしたい、その人の幸せが自分の幸せだと思う……そんな気持ちだ」

愛という言葉の意味は、漠然としかわからない。

でもそれをわかりやすく言い直してくれるシルヴァンの言葉に、フォンスは自分も、その感情を知っているような気がする、と思う。

だが……

「その、愛という感情を失う……呪い……？」

騎士とドラゴンが契約することで、騎士が変わってしまう、ということなのだろうか。

するとシルヴァンがフォンスを見る。

「サモレのマルティンを、お前は冷たい人間だと思っただろう？　だが、昔の彼はそういう人ではなかった」

シルヴァンは低く、言葉を続ける。

「騎士の息子は七歳くらいから十歳くらいまで、王宮で小姓としてつとめながら武器の扱い方や騎士としての心構えなどを学ぶ。マルティンは私の二歳上で、新参者の私に優しくしてくれ、気を配ってくれ、私も彼に心を開き、子供心に、生涯よい友人関係でいられる相手ではないかと思っていたのだ」

あのマルティンがそんな少年だったとは、フォンスには想像もできない。

「やがてマルティンは小姓としてのつとめを卒業してサモレの領地に帰り……私もアルビドールに戻り……騎士の息子はその後十七になると、修業のために遍歴の旅に出る。その旅の途上で騎士同士として再会できればと思っていたのだが……その前に彼は、シリカを得た」

シルヴァンの瞳に、哀しみの影がよぎった。

「ドラゴン持ちの騎士となることは、大変な名誉だ。北や東の蛮族と戦う場合にも、無法ドラゴンと戦う場合にも、ドラゴン持ちの騎士の戦力としての格は段違いだからだ。王宮での序列も上がるし、人々の尊敬も得られる。だから騎士はみな、ドラゴンと契約をすることを望むのだ」

「……でも、シルヴァンさまは……」

フォンスは思わずそう言った。

騎士はみな望むことを、シルヴァンは望んでいない。

「そうだ」

シルヴァンはかすかに眉を寄せた。

「それは私が……ドラゴンと契約して変わってしまった騎士を、実際にこの目で見ているからだ。騎士たちは、ドラゴンと契約する代償に自分の中から『愛』という感情が消えることを、軽く見ているのだ。ドラゴン持ちの騎士としての名誉となら引き替えにしても惜しくはない感情だと。そして実際、騎士自身は自分の変化で苦しむことはない。苦しむのは……周囲の人間なのだから」

フォンスははっとした。

シルヴァンの声音の中に潜む苦しみのようなもの……それは。

もしかすると、苦しめられた「周囲の人間」としての感情なのだろうか。

つい先日、変わってしまったサモレのマルティンと再会したことではなく……もっと何か、根深いもの。

シルヴァンの心の痛みが伝わってくるようで、詳しく尋くことが躊躇われるような気がしつつ、それでもシルヴァンが話してくれるなら聞きたい、とも思う。

「どなたが」

フォンスはようやく、それだけ尋ねると……

「父だ」

シルヴァンはあっさりと、しかしわずかに喉に絡まった声で答え、そして軽く咳払《せきばら》いをする。

「父は……ドラゴンを持つのが遅かった。結婚し、私が生まれてから、ドラゴンを得た。珍しいことだ。若いうちに遍歴の途中でドラゴンと契約できなければ、普通は諦めて領地に戻り、ドラゴンを持たない騎士として結婚し、息子に希望を託すのものだからだ。だが、父はたまたま私が生まれたあとにアルビドールの領地を襲ってきたドラゴンと戦って勝ち、主従の契約をしたのだ」

シルヴァンの瞳がどこか遠いところを見つめている。

「父は……穏やかで優しい人だった。母を愛し、領民に優しく、厩の馬たちも、犬舎の犬たちまで、みな、父を慕っていた。だが……ドラゴンと契約したことで、父は変わった」

シルヴァンは頭の中で何かを整理するように少し沈黙し、また言葉を続ける。

「父は、冷酷で傲岸になった。母は悲しみ、私も戸惑った。それまで父から常に放射されていた温かな慈しみが消え去ってしまったからだ。だが、父自身は自分の何が変わったのか、どうして私たちが悲しんでいるのか、理解できない様子だった。名誉あるドラゴン持ちの騎士となり、領地の格が上がって優遇されることで税金も減り、それはすべて家族や領民のためにもなることなのに、いったい何が不満なのか、と」

フォンスは、冷酷で傲岸という言葉に、サモレのマルティンを思った。

穏やかで優しかったシルヴァンの父が、あの、サモレのマルティンのようになってしまい……そして自分では、周囲の悲しみが理解できない。

それが「愛」という感情を失うこと、ドラゴンと契約する「呪い」だというのか。

「そして、母は優しかった夫を取り戻そうとむなしい努力を続けた末に精神を病み、館の離れに引きこもってしまった。それ以来、私は母の顔も見ていない。それから間もなく私は王宮に出仕し、領地に戻ったときには母は領地のはずれの、別の館に移されてしまっていたからな」

そうやって……シルヴァンの家族は崩壊してしまった。

家族というものを持ったことがないフォンスには味わいようのない苦しみだが、それでもシルヴァンの苦しみの深さは伝わってくる。

「シルヴァンさま……」

思わずフォンスはそう言って、シルヴァンの手に、自分の手を重ねた。

「お辛《つら》かったでしょう……幼い、シルヴァンさまには」

最初から持っていないよりも、持っていたものを失うほうが、辛いはずだ。

自分がその場にいたかのように、胸が痛む。

シルヴァンは驚いたように自分の手に重ねられたフォンスの手を見たが、躊躇いながらもそっと、自分の手を引き抜いた。

「だから」

フォンスを見て、続ける。

「私がお前と契約すれば、私はマルティンのような主人になる。お前はそれでも私と契約したいか？」

フォンスは……答えられなかった。

自分と契約したら、シルヴァンは変わってしまう。

サモレのマルティンのように冷たい主人になってしまう。

それどころかきっと……馬のボウたちに対してすら、今のような温かい主人ではなくなってしまう。

それでも自分は、シルヴァンの契約ドラゴンになりたいのか。

フォンスは思わず、離れたところにいるボウとポーを見た。

ボウはドラゴンとは違い、シルヴァンと契約しているわけではない。

そしてボウはシルヴァンが好きで、シルヴァンを慕い、尊敬している。

ポーも、前の主人を恋しがる感じでもなく、ちゃんと世話をしてもらえ、ボウの次に可愛がってもらえるならそれで満足、という感じだ。

そして、自分も今、契約ドラゴンとしてではなく従者として、シルヴァンにつき従っていて――幸せなのだ。

それは、事実だ。

「フォンス」

シルヴァンが静かに言った。

「お前にとっては、酷な話をしたかもしれない。お前は騎士との契約を望んでいるのだから、契約したらどうなるかは知っておくべきだと思ったのだ。あとはお前が自分で、納得できる答えを見つけるしかない。呪いを受け入れた上で、騎士の契約ドラゴンとなる道を選ぶのなら、相手の騎士を探さなくてはいけない」

納得できる答え。

いったい自分は……どうなれば納得するのだろう。

今のままのシルヴァンと契約したい。

だがそれは不可能なのだとしたら。

自分と契約することで変わってしまうであろうシルヴァンではなく、今のままのシルヴァンの側にいたい。

他の騎士と契約するよりも、契約できなくても、シルヴァンの側にいたい。

この気持ちを、なんというのだろう。

「僕は……僕は、契約できなくても……」

フォンスの口から、言葉が零れ出た。

「契約できなくてもいいから、ただ、シルヴァンさまの側に、いたいんです……！」

そう言葉にした瞬間、フォンスの中に、以前幾度か感じた不思議な感情が湧き上がってきた。

切ないような、焦れったいような、嬉しいのに悲しいような、不思議な気持ち。

同時に、もっとシルヴァンの側に……近づきたい、シルヴァンをもっと近くに感じたい、という別な欲求もせり上がってくる。

「だが、それではお前のそもそもの目的が……フォンス？」

シルヴァンが少し戸惑ったように、フォンスを見た。

シルヴァンの美しい碧の目が、自分を見ている。

そう思っただけで、フォンスの身体の中に、何か不思議な熱が生まれる。

「ドラゴンが……ドラゴンと人間が……ただ一緒にいたいからいる、ということは……できるんでしょうか」

そう尋ねながら、フォンスは無意識にシルヴァンににじり寄った。

顔の位置が近くなる。

契約ドラゴンとしてではなく、シルヴァンが側に置きたいと思ってくれるのは、どんな自分だろう。

たとえば……シルヴァンが「美しい」と思ってくれた、シルヴァンの夢の中の自分のような姿だったら……？

ドラゴンとか従者とか、そんなことは関係なく、側に置きたいと思ってくれるだろうか……？

そう考えた瞬間、身体の奥底から何か得体の知れないものがせり上がってきた。

「……それは可能かもしれない、が」

そう言いかけたシルヴァンの目が、はっと驚きに見開かれた。

フォンスは、皮膚が内側からむずむずするのを感じた。

ドラゴンから人型になるときのような、人型からドラゴンに戻るときのような、でもそのどちらとも違う……これは、なんだろう。

身体の表面から何か、きらきらとしたものがはがれ落ちていく。

同時に身体ふわりと軽くなり、体温が上がり、気持ちが高揚してくる。

「フォンス、お前、その姿は」

シルヴァンが声をあげ、フォンスは思わず、自分の腕を見た。

長くなっている……気がする。

すんなりと伸びた腕の先に、指の長い華奢《きやしや》な手。

着ていたはずの服は銀色の粉となって地面に落ち、胴体も脚も、長くなって、滑らかな、陶器のような艶のある肌が露《あら》わになっている。

肩から胸にかけて流れ落ちているのは、真っ直ぐな、銀色の長い髪の毛。

あの、藁色の髪はどこにいってしまったのだろう。

「僕……僕、どうなっていますか」

狼狽《ろうばい》してフォンスが尋ねると、シルヴァンも戸惑ったようにフォンスを見ている。

「これは……夢の中で見た、お前に似ている……どうして急に、その姿に……どういうことだ」

フォンスにもよくわからない。

だが自分では調整などできないはずの人の姿が急に変わった。

シルヴァンが夢の中で見た、優雅で美しい、銀色の髪を持った姿になっている。

自分に、何かが起きたのだ。

だが、何が？

そしてその「何か」を追究するよりも、もっと焦れるような欲求がフォンスを突き動かしていた。

「僕は……ただ、あなたに触れたいって思って」

シルヴァンの側にいたいという想いが、もっと切実な、触れたい、触れずにはいられないという焦りに似たものになっている。

衝動のままに、シルヴァンの頬に指先で触れる。

真珠色の爪の、ほっそりした指先でシルヴァンの肌の温度を感じた瞬間、びりびりっと何かがフォンスの全身を駆け上がった。

「フォンス……」

戸惑いながらもシルヴァンは身じろぎもせずにフォンスを見つめている。

「シルヴァンさま」

そう呼んだ自分の声が、甘く掠れていることにフォンスは気づいた。

もっと。

もっとシルヴァンに触れたい。

シルヴァンを看病しながら、シルヴァンを温めようと、その額や頬に唇をつけた。

シルヴァンの肌は唇に心地よかった。

だがもっと……シルヴァンの温度をじかに知ることができる場所がある。

シルヴァンの……唇。

そう思った瞬間、シルヴァンの膝に乗り上がるようにして、フォンスはシルヴァンに口づけていた。

反射的にシルヴァンの腕がフォンスを押し返そうとしたが、その手が、止まる。

フォンスはシルヴァンの唇を味わうように舐《な》め、その感触にうっとりと酔いながら、舌をシルヴァンの唇の中に差し入れた。

どうして自分はこんなことを知っているのだろう。

どうしてだかわからないが……こうしたい、のだ。

身体の奥底に点《とも》った熱が急速に渦巻いて体温を上げ、何かが「もっと」とフォンスを駆り立てている。

ぬるりとシルヴァンの口の中の感触を味わい、戸惑うシルヴァンの舌に、自分の舌を甘えるように絡みつかせると……

シルヴァンの舌が応えるようにフォンスの舌を舐め返し、同時に、突き放そうとして止まっていたシルヴァンの腕が、ぐいとフォンスを抱き寄せた。

「んっ……っ」

腰の奥に甘い疼きが走り、フォンスはシルヴァンに自分の身体をすり寄せる。

背中に回ったシルヴァンの手が、素肌に熱い。

もっと、もっと触りたい、触ってほしい……！

熱に浮かされたようになって、全身でシルヴァンを感じたいという欲望に身体のほうがついていかず、焦れるように身じろぎすると、唇が離れた。

フォンスはシルヴァンの首筋に顔を埋《うず》め、

「僕を……ずっと……側に置いてほしい……」

うわごとのように、そう言っていた。

「お願い、お前と契《ちぎ》る、と言って……」

シルヴァンが無言でいるのがもどかしい。

シルヴァンが自分を呼んでくれる声が聞きたい。

「僕を、僕の名前を、呼んで……」

そう言った瞬間――シルヴァンがはっと身体を硬くし、そしてフォンスの身体を突き放した。

フォンスが驚いて顔を上げると、シルヴァンが上気した顔に驚愕を浮かべ、手の甲でぐいっと唇を拭う。

「シルヴァ……」

「黙れ！」

シルヴァンの名前を呼ぼうとしただけなのに、シルヴァンは鋭い声でフォンスの言葉を封じた。

「今お前は、自分の名を私に告げようとしたのでは？　名を告げて、契約させようと」

フォンスはぎょっとして、自分の唇を両手で覆った。

自分は、そんなことをしようとしていたのだろうか？

いや、確かにそう口走った気がする。

僕の名前を呼んで、と。

いや、違う、真実の名前などというものを告げようとしたのではない。

そんなつもりはなかった。

何が自分にそんなことを口走らせたのか、自分でもわからない。

ただ、その言葉がシルヴァンの気に障ったのだ、ということはわかった。

さあっと、あの得体の知れない身体の熱が冷めていくのを感じる。

「ドラゴンとはこのように誘惑するものなのか！　誘惑して私をその気にさせ、名を呼ばせ、そのまま契約をさせるということなのか？　お前のしようとしたことは、ドラゴンと契約したくないという私の気持ちを踏みにじる行為だ」

一息にそう言ってから、シルヴァンは立ち上がり、腹立たしげに唇を噛み、フォンスから目を逸らすように脇を向く。

「……私も……危うく乗ってしまうところだった……お前の、その姿を見たら……」

ちらりと横目でフォンスを見て、はっとする。

フォンスは、ぽろぽろと涙を零していた。

恥ずかしい。

どうしてそんなことになったのかわからないけれど、シルヴァンを傷つけるような、とんでもない行動を取ってしまったのだ。

ドラゴンとの契約を望まないシルヴァンに、それを強いるようなことをしてしまったのだ。

そんなつもりはなく、ただただ、シルヴァンの側にいたいと思っただけなのに、どうしてあんなことになってしまったのだろう。

本当に恥ずかしくて、申し訳ない。

「す……すみませ……僕……どうして……」

しゃくり上げながらなんとかそう言うと、シルヴァンの視線が少し和らいだ。

「そうやって泣いていると……いつものお前なのだが……な」

ふう、とため息をつく。

「ついでに、いつもの姿に戻れないのか？」

「え、あ」

言われてみると、何も着ていない裸の身体に、銀色の細絹の髪がまとわりついている姿のままだ。

目をぎゅっと瞑り、元の姿に戻ろうとするが……できない。

まるで変身の仕方を忘れてしまったみたいに、藁色の髪の、痩せた少年の姿に戻ることが、できない。

せめて服を、と思うのだが……着ていたものは銀色の粉になって散らばってしまい、今の裸の身体にどうやったら服を着られるのかもわからない。

「どうしよう……」

また、ぽろぽろと涙が溢れてくる。

戻れない。

シルヴァンが、従者として連れ歩くのには都合がいいと言ってくれた、あの姿に戻れない。

「できません……」

泣きながら、そう言うしかない。

シルヴァンは腕組みし、少し考えた。

「すぐに戻れないなら仕方ない、私の荷物の中から着られそうなものを探して着ているんだな。私は少し……歩いてくる」

そう言ってシルヴァンは焚火の側を離れ、草に覆われかけた街道に出て、行き先のほうに向かって歩き始める。

フォンスは慌てて、シルヴァンの着替えが入っている荷物を解いた。

一番着古した、破れかけた袖を何度か繕ってあるシャツと、野宿ではなく宿に泊まる際に寝間着として使っている古いズボンを引っ張り出し、なんとか身につける。

シャツもズボンも、一回り大きく、袖と裾を捲《まく》らなくては着られない。

フォンスも、今までよりも大人の身体になって手足も伸びているようなのに、シルヴァンの逞しい身体は、まだこんなに大きいのだ……と思った瞬間、また身体の奥に熱が点ったような気がして、慌てて頭を振る。

いったい自分はどうしてしまったのだろう。

と、そこへ草を踏む足音が聞こえてような気がして、フォンスははっと振り向いた。

ボウだ。

少し離れたところにいたボウが、側まで戻ってきている。

「変な姿になっているな。何があった」

そう言ってボウはふんふんと、フォンスを身体のにおいをかいだ。

「なんだお前、発情のにおいがする」

「え」

ボウの言葉に、フォンスはぎょっとした。

発情。

その言葉は知っている……ドラゴン同士で、交尾をしたい相手に対して発していた、なんともいえないもやもやした気配のものだ。

そして……交尾をすると、その気配はおさまる。

ということは、自分はシルヴァンと交尾したいと思ったのだろうか⁉

そう言われてみると、シルヴァンの身体に触れたい、触れられたいというあの熱に浮かされたような欲求は、そういう意味のような気がする。

「お前、ご主人に発情したのか、呆れた奴だな」

ボウは容赦なく言った。

「馬にも時々、ご主人が好きすぎてご主人に発情してしまう奴がいるが、俺はそんな下品なことにはならない。俺はご主人を尊敬しているからな」

下品、という言葉がぐさりとフォンスの胸に刺さった。

そうか、自分は下品なことをしてしまって……しかもその下品な手段で、無意識に契約を迫ってしまったのか。

シルヴァンが怒って当然だ。

しゅんと肩を落としたフォンスに、ボウは、

「交尾しても仔《こ》はできないのに、無駄なことを……それ以前に、お前は牡《おす》だから、どっちにしても無駄な発情だったな」

追い打ちをかけるように、無慈悲で真っ当なことを言う。

そんな無駄で下品な発情をしてまで、自分はシルヴァンと契約したかったのだろうか。

契約して「愛」を失うことをシルヴァンは拒否しており、自分でも、それなら契約などしなくても側にいられるだけでいい、と思ったはずなのに。

自分で自分がわからない。

そしてシルヴァンは……無意識にそんな行動を起こしてしまうフォンスを、これからも側に置いてくれるだろうか。

従者としての姿にも戻れないのに。

もしかしたら……歩いて、少し頭を冷やして戻ってきたシルヴァンに、もうクビだと言われてしまうかもしれない。

そう思っただけで、フォンスの胸は締めつけられるように痛む。

いやだ。

もう二度と発情なんてしないから、今まで通り従者として側にいさせてほしい。

だがそのためには自分の姿をなんとかしないと。

考えは堂々巡りだ。

と、街道の、来た方角から、馬の足音が聞こえてきた。

一騎……そして、駆け足。

見ると、土埃《つちぼこり》を上げながら、一頭の馬がみるみるこちらに近づいてきている。

少し先まで歩いていっていたシルヴァンも気づいたのだろう、急いで焚火のところまで戻ってくる。

「遍歴の騎士どのか！」

馬を止めてそう呼びかけたのは、やはり一人の騎士だった。

鎧の右腕に、赤い布を巻いている。

「そうだ、伝令か」

シルヴァンが尋ねると、相手は頷いて兜の覆いを上げた。

まだ年若い騎士のようだ。

「国じゅうの騎士に王からのお言葉を伝えているところです。深泥沼《みどろぬま》のドラゴンが目覚め、無法ドラゴンたちを集めています。大きな戦いになると思われます。遍歴の騎士どのたちも、ただちに王都に集合し、ドラゴンとの戦いに備えよとのことです」

伝令の騎士の言葉に、シルヴァンは頷いた。

「承知、ただちに王都に向かう」

「では、先を急ぎますので」

伝令の騎士は兜の覆いを下げて馬の腹を蹴り、たちまち行く手に向かって走り去る。

「聞いての通りだ」

シルヴァンがフォンスとボウにさっと振り向いた。

その表情は厳しく引き締まっている。

「大きな戦いがある。王のもとへはせ参じなければならぬ。支度を」

シルヴァンはてきぱきとした動きで鎧を身につけはじめ、慌ててフォンスは傍らに寄り、次に必要なものをいつものように手渡そうとした。

すね当て用の革紐を渡そうとして、シルヴァンの手とフォンスの手がふと直接触れた瞬間……シルヴァンは、はっとしたようにその手を引っ込めた。

フォンスは、そのシルヴァンの動きにぎくりとする。

これまでなら……手が触れるくらいのことは普通にあったのに……シルヴァンは自分に触れたくないのだ。

シルヴァンは、顔色の変わったフォンスから視線を背け、自分で紐を結びながらフォンスに言った。

「お前は荷を纏めてくれ」

そう言ってから……シルヴァンは、わずかに眉を寄せてまたフォンスを見る。

「お前がまだ……当面従者としてついてくる気があるのなら……だが」

「あります！」

フォンスは慌てて言った。

シルヴァンが自分をクビにするつもりがないのなら、自分はどこまでもシルヴァンについていきたい。

「シルヴァンさまが許してくださるのなら、どこまでもお供させてください！」

だがシルヴァンは首を振った。

「どこまでも、というのは無理だ。この戦いは、人間と契約ドラゴン対、人間に従わないドラゴンの戦いだ。お前は人間ではないし、契約ドラゴンでもない。人間側としてこの戦いの場にいる立場ではないのだから」

それは……戦いの場まではついていけない、ということか。

フォンスは愕然とした。

人間の従者ならついていけただろう……契約ドラゴンならともに戦えただろう。

だがそのどちらでもないフォンスは、ついていけない。

「……いずれにせよ」

シルヴァンは静かに言った。

「いつかはお前は、自分の道を選ばなくてはいけなくなる運命だったのだ。王都まではついてこい……そこでお前は自分の運命に出会えるかもしれない。この戦いで私が生き残り、その後でまたお前と縁があれば、また共に旅をすることもあるだろう」

そう言ってはくれるが、シルヴァンの淡々とした言葉はすでにフォンスとの別れを決めているようで、フォンスは無言で俯いた。

どうしようもないことなのだ。

戦いがなければ、もう少し一緒にいられたかもしれない。

いや、戦いがなくても、あんなふうに発情して契約を迫るようなことがいつ起きるかわからない今のフォンスとは、シルヴァンはもうそう長くは一緒にいたくないのかもしれない。

ドラゴンとの戦いは、それを早めただけなのかもしれない。

胸に鈍い痛みを感じながらも荷物を纏めにかかり、フォンスはふと抱いた疑問を口に出していた。

「深泥沼のドラゴン、というのは……?」

遍歴の騎士がみな招集されるというのは、どういう敵なのだろう。

「古くから、暴悪で知られた大ドラゴンだ」

シルヴァンは胴鎧を着ながら答える。

「数十年ごとに目覚めては、無法ドラゴンを集めて人間に戦争をしかけるのだ。やつは恐怖で人間を支配し、人間をドラゴンの奴隷にしようとしている。これまではなんとか人間側が多大な犠牲を払いながらもかろうじて勝ってきたが、やつを決定的に倒すことはできない。やつは力尽きると深泥沼の奥深くに逃げ込み、力が戻るまで数十年間、眠り続けるだけなのだ」

その言葉を聞いて、フォンスは思い出したことがあった。

「群れのドラゴンが……我らの王が目覚めれば、と話していたのを聞いたことがあります。もしかしてそれが……?」

王が目覚めれば人間など怖れることはない、人間どもを征服してこの世界で好き放題に生きられるのだと……黄金に酔っ払ったドラゴンたちが、そんな話をしていたのを聞いたような気がする。

「だとすると、お前がいた群れも、深泥沼のドラゴンに従って戦うのかもしれないな」

シルヴァンは頷く。

馬用の鎧を着せたボウにシルヴァンが跨がり、フォンスもポーの背に乗った。

「行くぞ」

一声シルヴァンがそう言うとボウは走り出し、フォンスもポーを励まして後を追った。


街道を走り続けるとやがて目指していた別な街道に合流し、次第に同じ方角に向かう騎士たちの姿が見えだした。

たいていは無言で頭を下げ合って、そのまま同じ方角に進む。

胴鎧の胸に刻印された紋章で知り合いだと見分けがつくと、兜の覆いを上げて二言三言言葉を交わしたりもしている。

ドラゴンを連れている騎士は、四、五人見かけただけだ。

どれもみな立派な体格の牡ドラゴンで、自分の主人が乗る馬の傍らをのしのしと走っている姿は迫力だ。

街道沿いの村々には、戦の話を聞いた人々が出て、通り過ぎる騎士たちに食料などが入った袋を差し出し、騎士たちはそれを馬で通り過ぎながら受け取る。

途中わずかな休憩を挟みながら四日ほど走り続けると、前方に王都が見えてきた。

以前通った街とは桁《けた》違いの大きさの、石造りの建物の塊だ。

数え切れない塔にはさまざまな旗が翻り、その塔が同心円を描いているのがわかる。

そしてその中央に、純白と漆黒の大理石で壁が覆われた、ひときわ大きく美しい建物があるのが、遠くからでもわかった。

「あれは……！」

フォンスが思わず声をあげると、シルヴァンが短く「王宮だ」と答える。

あそこに人間の王がいて、シルヴァンやサモレのマルティンは、あそこで少年時代の何年かを過ごしたのだ。

王都に着けば、シルヴァンと別れなくてはいけない……という思いがなければ、その壮麗な美しさにどれだけ感動しただろうか、とフォンスは思う。

王都に至る街道は八方から通じていて、門はすべて開け放たれ、騎士たちが吸い込まれていく。

王都はごった返しており、それでも騎士たちは整然と、王宮前の広場へと馬を乗り入れていった。

そんな中で……

「シルヴァン」

背後から声をかけられ、シルヴァンとフォンスが振り向くと、そこにはサモレのマルティンの姿があった。

もちろん、シリカも一緒だ。

「マルティン」

シルヴァンが軽く頭を下げ、兜の覆いを上げる。

「先ほど、お前の父上を見かけた。俺も今回はドラゴン部隊で父上と一緒になるはずだから、何か伝言でもあれば伝えてやるが」

マルティンの言葉に、シルヴァンは首を振った。

「いいえ……特には」

「お前は父上が嫌いだからな」

マルティンが皮肉な口調でそう言って笑う。

「それはそうと、今回の編成だが――」

マルティンがシルヴァンに戦の話をはじめたのをフォンスがぼんやりと聞いていると、傍らにいたシリカがフォンスを見ているのに気づいた。

「あ……シリカ……この間は……」

「姿が変わったな」

シリカは無遠慮に言って、フォンスをじろじろと見る。

「だが、人の姿でこの場にいるということは、まだ契約はしていないのだな？　この戦には行かないのだな？」

行かないのではなく……行けないのだ、とフォンスは思う。

「シリカは……行くんですね」

フォンスはそう言いながら、それが少し不思議な気がしていた。

「シリカは、たとえば……この戦いで深泥沼のドラゴン側が勝ったら……その、自由になれるとか、そういうことは考えないんですか……？」

シリカが自分の主人を「憎んでいる」と言ったことは、フォンスにとっては本当に大きな衝撃だったのだ。

騎士とドラゴンは心の通う主従関係にはなれないのだと、騎士が「愛」という感情を失うからだと聞いては、なおさらだ。

シリカは、この世界が人間ではなくドラゴンのものになれば、そういう関係から解放される……ということではないのだろうか。

しかしシリカは、「ばかな」と吐き捨てるように言った。

「深泥沼のドラゴンが勝利する、ということがどういうことか、お前にはわかっていないのだ」

広場にごった返す騎士たち、その中にちらほらといる同胞のドラゴンを眺め渡す。

「俺も……ここにいるドラゴンたちも、立派な家系に生まれた、立派なドラゴンなのだ。俺たちにも俺たちなりの、正義や誇りや理想がある。深泥沼のドラゴンが勝てば、無法ドラゴンどもが上位に立ち、人間を恐怖で支配するばかりではなく、俺たちのようなドラゴンも迫害されることになるのだ」

フォンスは驚いてシリカの言葉を聞いていた。

ドラゴンの、正義や誇り、理想。

そうだ……フォンス自身、無法ドラゴンの群れがいやだったのは、彼らが弱い者をいじめ、欲しいものは仲間同士でも力尽くで奪い合い、食料や黄金が足りなければ凶暴になり、足りていれば自堕落になる……そんなドラゴンたちだったからだ。

シリカは、自分はああいうドラゴンとは違う、と言っているのだ。

「ええと、あの」

フォンスははっとした。

「じゃあシリカは、ご主人を憎んでいる……でも、契約ドラゴンでは……いたい……？」

「当然だ」

シリカは不機嫌そうに言った。

「自ら契約ドラゴンとなることを望んで、騎士と戦ったのだ。俺を倒すほどの力を持った騎士ならば、いつの日かドラゴンと人間の歪《ゆが》んだ関係を変えられるかもしれない。俺が主人を憎みながらも主人に仕え、無法ドラゴンや深泥沼のドラゴンと戦おうとするのは、そういうドラゴンがいなくなり、正しいドラゴンだけになれば、人間とドラゴンが対等の関係を築けるようになるかもしれないという思いがあるからだ」

「対等の……関係？」

「そうだ、主従関係ではない、対等の関係」

シリカは頷く。

「それは俺の父も、祖父も、願っていたことだ。だが、無法ドラゴンがのさばるかぎりは、人間はドラゴン全体を敵として見る。味方にするには服従させるしかない。それでもいつかそうではない世界が来ると……俺たちはそれを望み続けてきたのだ」

シリカはそう言って、深いため息をついた。

「お前はおかしなドラゴンだ。そういうことを教えてくれる親もいない、だが無法ドラゴンにもならない。お前のようなドラゴンは見たことがないな」

確かにフォンスは、群れでも変わり者扱いされていた。

そして、同じく変わり者扱いの、老ドラゴンだけがフォンスを可愛がってくれた。

老ドラゴンは、仔ドラゴンを捕まえてはいろいろなことを教えようとしていたが、みな馬鹿にして話など聞かなかった。フォンスだけが老ドラゴンに食べ物などを持って老ドラゴンの世話をし、興味を持って話を聞いていた。

そして……ドラゴンたるもの、騎士と契約すべき、という言葉に心を動かされて群れを出てきたのだ。

他にそんな行動を取ったドラゴンはいない……ということは、やはり自分は変わっている、ということなのだろうか。

そのとき、サモレのマルティンがシリカを見た。

「おい、行くぞ」

シリカは無言で頭を下げ、フォンスのほうを見もせずに、マルティンについて、その場を去っていった。

「フォンス」

シルヴァンが静かにフォンスを呼んだ。

「お前とはここで別れることになる」

フォンスははっとした。

変わってしまった姿をなんとか隠すため、目深に被った帽子の中に銀色の髪を押し込んでいたのだが、思わずその帽子の庇を上げて、シルヴァンを見る。

シルヴァンの碧の瞳と正面から視線を合わせると、シルヴァンがわずかに微笑んだように見えた。

「いろいろと、助かった。事情が許せばもう少し一緒に旅をしたかったたな」

穏やかな優しい言葉が、ふいにフォンスに、これでシルヴァンとはお別れなのだ、ということを実感させた。

シルヴァンは戦いに行き……フォンスは一人残される。

これからシルヴァンが命を賭けた戦いに出かけていくというのに、一緒にいられない……契約できないということは、そういうことなのだ……！

「シルヴァン、さま……っ」

瞳に涙が盛り上がり、頰に零れていくのがわかる。

「お前は、相変わらず」

シルヴァンがそう言ってフォンスの頭をぽんと叩こうとし、その手が止まり……そしてゆっくりと、引っ込められる。

シルヴァンは、もう優しく頭を叩いてはくれない。

あんなことが……シルヴァンを誘惑してしまったりしたから、もう触れたくないのだろう、と思い、フォンスの胸がずきりと痛む。

シルヴァンは引っ込めた手をそのまま懐に差し入れ、砂金が入った袋を差し出した。

「これを。この先私には必要ないが、お前には必要だろう。今日までの給金だ」

掌《てのひら》に載るほどの小さな袋だが、ずっしりと重い。

今のフォンスには、この量の砂金にどれだけの価値があるかよくわかっている。

よい馬が数頭買える、または鎧が一揃《ひとそろ》い買える、一人の騎士と従者なら一年以上旅ができる、そんな大変な価値があり……フォンスが必要なときに口にするだけなら、何年も保つ量だ。

それを、フォンスにくれる……シルヴァンにはもう必要ないというのは……命を落とすことを覚悟している、ということだろうか。

だが今のフォンスには、砂金の袋を両手で受け取り、頭を下げることしかできない。

「……ご無事で」

涙を流し続けながらそう言うと、シルヴァンが「お前もな」と低く答え……

そのとき、王宮のテラスかららっぱが高々と吹き鳴らされ、シルヴァンはさっと顔を上げ、兜の覆いを下げた。

騎士たちがいっせいに、王宮前広場から城門の方向へと進み始める。

シルヴァンを乗せたボウももちろんだし、ポーも荷馬として一緒に行くのだ。

他の騎士たちも、荷馬や、従者を乗せた小馬とともに進んでいく。

フォンスだけを置いて。

「ボウ」

歩き始めたボウとポーに、フォンスは思わず声をかけた。

「シルヴァンさまを……よろしく、そしてボウも無事で……ポーもね！」

「こういうときは、ご武運を、と言うものだ」

ボウが毅然《きぜん》として言い、ポーが「ごぶうん……ね」と真似《まね》をして、フォンスに向かって上下に頭を振る。

「ご……ご武運を」

慌ててフォンスがそう言ったときには、シルヴァンを乗せたボウも、荷物を積んだポーも、他の騎士に混じって歩き出していた。


広場にぽつんと一人残されたフォンスは、しばらく呆然としていた。

すると今度は街のほうから、一般の人々が広場に雪崩《なだれ》込んできた。

「東門から出発だよ！」

「王さまもご出陣だ！」

「お見送りを！」

口々にそう叫びながら騎士たちが去っていった方向に走っていく。

見送りを……もう一度シルヴァンの姿を遠目にでも見られるのだろうか、見てもいいのだろうか、とフォンスがまごまごしていると、前を見ずに走っていた一人の少年が、どんとフォンスにぶつかった。

そのはずみで帽子が落ち、フォンスの銀色の長い髪がはらりと広がる。

「……きれーな髪……え⁉」

ぶつかった少年がそう言いかけ、ぎょっとしたようにフォンスの目を見る。

慌てて髪を顔の前にかき集めたが、遅かった。

「ドラゴンだ！　ここにドラゴンがいるよ！」

「なんだって⁉」

大人たちが脚を止め、フォンスのまわりに集まってくる。

「どうしてわかった」

「だって、目が」

「見せてみろ」

数人の男がフォンスの腕を摑み、髪を払いのける。

フォンスの、金色の光る縦長の虹彩の、ドラゴンの目は隠しようがない。

「本当だ、ドラゴンだ」

「どうしてドラゴンが人型でこんなところに」

「主人の騎士とはぐれたのか？　それともまさか……無法ドラゴンか？」

「深泥沼のドラゴンの密偵じゃないのか⁉」

一人の男が放った言葉に、人々がぎょっとして顔を見合わせる。

「おいお前、深泥沼のドラゴンの手下なのか！」

襟首を摑まれ、フォンスは思い切り首を振った。

「ちが、ちがいます……！」

「ではお前の主人はどこだ」

主人は……主人はいない。

自分は、ご主人さまを持たない哀れなのらドラゴンでしかない。

フォンスが言葉を失っていると……

「それは俺のドラゴンだ」

人垣の背後から声がして、人々がはっとして振り向くと、そこには鎧を着た一人の騎士が立っていた。

兜の覆いは下げられ、馬は連れずに一人で立っている。

「騎士……さま？」

「集合に遅れた騎士さま、ですか？」

「馬は……？」

人々が訝しげに騎士を見ていると、ふいに騎士は人々を押しのけ、フォンスの腕を摑むと、「逃げるぞ」と言うなり走り出した。

フォンスもわけがわからないままに、とにかくこの場を逃れなくてはと思い、走り出す。

騎士は王宮を囲む石塀に近寄ると、ひらりと飛び乗った。

腕を摑まれたままのフォンスも石塀に引っ張り上げられ、反対側に飛び下りる。

……おかしい。

鎧を着た人間が、いくら鍛えた騎士でも、ここまで身軽に動けるものだろうか。

フォンスがそう思ったとき、鎧の騎士が一軒の家の扉を開けて、その中にフォンスを引きずり込んだ。

扉が閉まる。

そして……騎士が着ていた鎧が、薄紙のようにぺらぺらとはがれて床に落ちた。

その下から現れたのは、浅黒い顔の人間……いや、違う。

フォンスにはわかった。

これは、ドラゴンだ。

おおざっぱな変身の仕方で、顔や首のあちこちに黒っぽい鱗が浮き出ているし、手はかぎ爪のついたドラゴンの手のままだ。

「下手くそな変身だな」

そのドラゴンが、フォンスに向かって呆れたように言った。

「目が変えられないなら、他に何か変身のしようがあるだろうに……で？　お前はどこの群れのものだ？」

　フォンスは戸惑った。

「僕は……僕は……群れには……」

「なんだ？　まだ若造だろうに、いっぱしのはぐれドラゴンのつもりなのか？」

　ドラゴンはフォンスをじろじろと見る。

「まあいい、眠っていた我らの王が目覚め、人間どもと戦う準備をしていることは、お前も知っているだろう。たいした力はなさそうだが、それでも数のうちだ。お前も戦いに参加するのだ」

　ドラゴンの横柄な態度は、自分のほうが力で勝ると確信しているからだろう。

　フォンスにも、ここでこのドラゴンに逆らっても自分に勝ち目はないと本能でわかる。

「僕は……でも……戦いは……」

　弱々しくフォンスがそう言うと、ドラゴンはいきなりフォンスを蹴飛ばした。

「うるさい、俺はとにかく、人間に紛れて黄金集めをしているドラゴンを一匹でも多く回収してこいと命じられているのだ。いいか、この戦いに勝てば、俺たちはこそこそと人間どもから黄金を集めたり、手間暇かけて奪ったりしなくてもよくなるんだぞ！　人間どもに金鉱を採掘させて、俺たちは遊んで暮らせる。人間どもに力尽くでいいようにされているくせに俺たちを見下している、裏切り者の契約ドラゴンどもも見返してやれるんだ！」

　それが……深泥沼のドラゴンに従うドラゴンたちの道理なのか、とフォンスは思った。

確かに今の、人間とドラゴンが対立するだけの世界は間違っているのかもしれない。

だがそれでも……シルヴァンのように、力尽くでドラゴンを屈服させて契約することを望まない騎士もいる。シリカのように、無法ドラゴンとは一線を画して、ドラゴンとしての誇りを持って、騎士と契約しているドラゴンもいる。

無法ドラゴンに同調することは、フォンスにはできない。

だがドラゴンはフォンスの無言を、怯えと取ったようだった。

「弱虫の若造め、お前のように一緒に戦う気のないへっぽこドラゴンは、見つけたらまとめて黒山の洞穴に放り込めとも言われているんだ。足を引っ張られてはたまらんからな。だが戦いに勝った暁には、お前たちは一番下の身分で俺たちに仕えることになるのだ、覚えておけ」

そう言うなり……ドラゴンは、フォンスの後ろ首を摑んだ。

「は、はな――」

叫びかけたフォンスの首にドラゴンのかぎ爪が食い込み……あっという間にフォンスは意識を失っていた。


ぴちゃん、と音を立てて頰に冷たいものが当たった。

水。

どうして顔に……水が……？

ぼんやりとそう思いながらフォンスが目を開けると、そこは薄暗い場所だった。

ごつごつした岩肌が見える。

洞穴の中のようだ。

どこかから淡い光が入ってきているようで、少し慣れてくると、様子がわかってくる。

広い洞穴だが出口らしいものは見えず……そしてあちこちに、ドラゴンの影が固まっているのが見えた。

再び頬に水が当たり、フォンスはもう一度瞬きすると、ゆっくりと身体を起こした。

喉が痛んで息苦しく、何度か咳払いすると、周囲にいたドラゴンたちがフォンスを見た。

「ああ、気がついた」

細い、優しい声がした。

これは……牝《めす》ドラゴンだ。

牡ドラゴンに比べて線が細く、小柄だ。

ドラゴンの牝の数は少なく、フォンスがいた無法ドラゴンの群れにも、数匹しかいなかった。それも力のあるドラゴンたちが自分の洞穴に押し込めていたので、フォンスは直接牝ドラゴンと話したことは一度もない。

「気分はどう？　大丈夫？」

優しい声が言って、鱗のある、かぎ爪の細い前足がフォンスの額に当てられた。

「熱はないようね」

「ここは……？」

そう尋きながらフォンスが洞穴を見回すと、そこにいるのは牝ドラゴンたちと、まだ母親の側を離れられないような一歳に満たない仔ドラゴン、それに老いた牡ドラゴンや病にかかっているらしいドラゴンの姿も見える。

「戦えないドラゴンはここにいるようにと命じられたのよ」

牝ドラゴンがそう言い、少し躊躇ってからつけ足す。

「それと……戦う気のない、戦えない、弱いドラゴンや……人間に通じていそうな、裏切り者のドラゴンも」

自分は、そのどちらかの部類に入るのだ、とフォンスは思った。

王都で出会ったドラゴンが、フォンスをそういうドラゴンと判断して、ここに放り込んだのだ。

「あなたはいったい、どうしたの？」

別の牝ドラゴンが傍らからフォンスを覗き込む。

「眠っている間も、気がついたときも、ドラゴンの姿に戻る気配がなくて心配したわ」

「ずいぶんと長い間、人の姿でいたせいかもしれないと、年寄りのドラゴンが言っているけれど」

フォンスははっとして、自分の身体を見た。

シルヴァンと別れたときと同じ……銀色の長い髪をした、手足のすんなりと伸びた人の身体。

だが、服は着ていない。

「着ていたものは、あまりにも人くさくて仔たちが怖がるから、脱がせたのよ」

牝ドラゴンが説明してくれる。

「戦いは……僕は何日くらい、ここに……？」

フォンスが尋ねると、牝ドラゴンたちは顔を見合わせた。

「十日くらいかしら……戦いははじまっていて、そして続いているのだと思うわ」

一匹の牝ドラゴンが不安そうに答える。

「私たち、どうなるのか……人間が勝ったら、ドラゴンは皆殺しにされてしまうのだと、牡たちは言っているわ」

「そんなこと」

あるはずがない、とフォンスは思ったが、ドラゴンたちの前で言葉にするのは躊躇われた。

以前、深泥沼のドラゴンと人間が戦い、人間が勝ったあとも、ドラゴンを皆殺しになどしなかったはずだ。

だから世界には現在も、多くのドラゴンが存在しているのだ。

シルヴァンと旅をしていた間にも、人間を困らせるドラゴンを退治はしても、ドラゴンすべてを皆殺しにするような言葉や態度はなかった。

それどころか飢え死にしかけていたのらドラゴンである自分を助けてくれた。

そして契約ドラゴンであるシリカも、どちらかを滅ぼすような考えはなかったと思う。

人間とドラゴンの歪んだ関係を変えられたら。

シリカは確かそう言っていた。

シルヴァンのような人間がいて、契約ドラゴンたちがシリカのような考えを持っているならば、それは可能なのではないだろうか。

だが無法ドラゴンたちは、そうは思っていない。

だから戦って、人間を支配しようとしている。

フォンスには……それはどうしても、正しいことだとは思えない。

その戦いは、どうなっているのだろう。

十日も経っているのだとしたら、もう形勢は定まっているのではないだろうか。

シルヴァンは。

シルヴァンは無事だろうか。

フォンスの胸がぎゅっと苦しくなる。

こんなふうに捕らえられて閉じ込められるくらいなら、こっそりとあとをつけてでも、シルヴァンについていけばよかった。

そう考え、唇を噛んでいるフォンスに、牝ドラゴンが話しかける。

「あの……あなたの服を脱がせたら、これが出てきたんだけど」

ドラゴンの前足に乗っているのは、シルヴァンがくれた、砂金の袋だった。

「みな、お腹を空かせているの。弱っているドラゴンもいるの。それで、この中から少し、貰ってしまったのだけど……返せるあてはないの」

フォンスははっとした。

「ここには、食べ物は……？　出口もないんですか？」

「水だけよ。入ってきたところは外から岩で塞がれていて、あそこが開いているだけ」

牝ドラゴンが上を見上げたのでフォンスも顔を上げると、はるか上方に岩の亀裂があり、そこから小さく空が見える。

ドラゴンの背には翼があるが、身体の大きさに対しては小さな、飾りのようなもので、鳥のように飛べるわけではない。

それでは……ドラゴンたちはここで、食べ物もなく、ただただ無法ドラゴンたちが出してくれるのを待っているのだ。

フォンスは、砂金を差し出している牝ドラゴンの前足をそっと押し戻した。

「どうぞ、これをみなさんで分けてください」

フォンスが言うと、牝ドラゴンたちは顔を見合わせた。

「いいの？　本当に？」

「もちろんです、どうぞ」

「それじゃ……必要なだけいただくわ、ありがとう」

牝ドラゴンたちが砂金袋を持って、仔ドラゴンたちが集まっているところに走っていく。

「……あなたは変わっているのね」

最初に話しかけてきた牝ドラゴンも彼女たちについていこうとしてふと立ち止まり、不思議そうにフォンスの顔を見た。

「育ちのいいドラゴンのように見えるけれど、人間と契約しているわけでもなくて……ずいぶん若いうちに、親と離れてしまったの？」

変わっている、とは……シリカにも言われたことを思い出す。

自分は捨てられた卵から孵ったのらドラゴンだ。

親は知らないし、育ったのも無法ドラゴンの群れだ。

育ちがいいとは思えないけれど、それでも無法ドラゴンの群れの考え方に馴染めなかった、ということは……やはりどこか「変わって」いるのだろうか。

そしてそもそも、「育ちのいいドラゴン」というのは、どこでどういうふうに暮らしているものなのだろうか。

しかしフォンスがそんな疑問を口にする前に、牝ドラゴンは仔ドラゴンたちのほうに行ってしまう。

フォンスは、膝を抱えて身体を丸めた。

ドラゴンの姿に戻ったほうがいいのだろうか。

人型は姿が変わってしまったが、ドラゴンの姿に戻ったら、やはり小さく弱々しいドラゴンのままのような気がする。

牝ドラゴンたちが世話をしている仔ドラゴンたちよりは大きいが、役立たずのちびドラゴン。

人の姿のほうが、よほどシルヴァンの役にも立てた。

それならいっそ、ずっと人の姿のままでいれば……ドラゴンではなく人間になれたら、本物の人間だったら、従者としてシルヴァンの側にいられただろうに。

シルヴァンは……どうしているだろう。

今この瞬間も、深泥沼のドラゴン、無法ドラゴンたちと、戦っているのだろうか。

無事だろうか。

怪我をしていないだろうか。

シルヴァンにもし何かあったら……もう二度と、シルヴァンに会えなくなってしまったら、どうしたらいいのだろう……！

フォンスの胸が、ぎゅっと絞られるように痛んだ。

「シルヴァンさま……っ」

思わずそう、口に出したとき。

（……フォンス……！）

声が、聞こえたような気がした。

はっとしてフォンスは顔を上げた。

（フォンス……どこ、だ）

シルヴァンの声だ。

どこから聞こえるのだろう。

「シルヴァンさま……っ」

フォンスは立ち上がった。

近くではない、シルヴァンの声は、どこか遠くから聞こえる。

（くそっ……これまで、か……っ）

苦しげな、呻くような声は、頭上の亀裂から聞こえてくるような気がする。

外だ。

ここから出て、シルヴァンのところに行かなくては。

フォンスは無意識にあたりを見回した。

足元に、さきほど砂金の袋から落ちたらしい、二、三粒が光っている。

今、これが、必要。

フォンスはとっさにそれを広い、口の中に入れた。

飲み込んだ瞬間、身体の奥から、何か未知の熱い力が湧き上がってくるように感じた。

同時に、全身の皮膚から、古い皮がはがれ落ちていくような感じがして――

自分の背がぐぐっと伸びたように感じる。

「どうしたの……？」

「まあっ」

牝ドラゴンや、端のほうにいた老ドラゴンたちが驚いてフォンスを見つめた。

フォンスは自分の身体を見て、ドラゴンの姿に戻っていることに気づいた。

いや、正確には「戻っている」のではない。

小さな弱々しいドラゴンではなく、背の高い、銀色の鱗に覆われた、立派な大人のドラゴンの姿になっている。

「あの翼は？」

「あんな翼は見たことがないわ！」

ドラゴンたちの声に、無意識に背中の翼を数度羽ばたかせると……身体がふわりと浮いた。

ドラゴンの翼は、大昔に空を飛べるドラゴンがいたころの名残《なごり》でしかないはずだが、今フォンスの背中にあるのは、広げれば身体の倍ほどもあるような大きな翼だ。

自分の身体に何が起きたのかはわからないが、これだけははっきりしている。

飛べる。

飛べるだけの大きさの翼が、自分の背中に生えている。

それだけわかればじゅうぶんだ。

ここを出て、シルヴァンのところに行ける……！

シルヴァンがどこにいるのか、どうしてシルヴァンの声が聞こえるのか、そんな疑問はすべて押しのけて、フォンスは真上を見上げ、そして飛び上がった。

不思議なほど自由に、翼を操れる。

はるか高い場所にあった頭上の亀裂は、思ったよりも大きく、フォンスはそこからなんなく外に出た。

外は日が暮れかかっている。

岩山からぐいぐいと高く上っていくと、広い範囲が見渡せた。

連なる山々。

その山々を縫うように街道が通り、その街道沿いに村や街がある。

丘陵地に、つぎはぎ細工のように広がる畑。

そして遠くに、多くの人々とドラゴンの気配を感じる場所があった。

風に乗って、喧噪《けんそう》が聞き取れるような気がする。

馬のいななき、人間の叫び声、ドラゴンの咆哮《ほうこう》。

あそこだ。

だがその前に、とフォンスは今自分が飛び出してきた山を見下ろした。

中腹に、大きな岩がへばりついている。

あれをどけてやれば、閉じ込められたドラゴンたちも外に出られるのだと気づき、急降下して岩に爪をかけ、思い切り揺すると、岩が動き、ごろりと横に転がった。

ぽっかりと洞穴の入り口が口を開ける。

それからフォンスはもう一度飛び上がり、方角を定めると、思い切り羽ばたいた。

空を辿るように飛んでいくと、みるみる岩山は背後に遠ざかり、そして戦いの喧噪が近づいてくる。

それは、険しい山々に囲まれた沼地だった。

沼地の周囲は草深い場所なのだろうが、ドラゴンたちが放った炎で焼き払われたらしく、黒こげの空き地と化している。

その中で、人間の騎士とドラゴンが入り乱れている。

ひときわ大きな暗緑色のドラゴンを騎士たちが囲んでいるが、次々にその大きな前足のかぎ爪と、強靱な尾でなぎ払われている。

あれが……深泥沼のドラゴンだ。

深泥沼のドラゴンが騎士たちに向かって大きく口を開け、その中に真っ赤な炎が燃えているのを見て、フォンスはとっさに自分の口から深泥沼のドラゴンの顔めがけて炎を吐き出した。

青白い炎が自分でも驚くような大きさで迸《ほとばし》った。

「うわ!」

深泥沼のドラゴンがのけぞり、吐き出しかけた炎は騎士たちのいない方角に逸れる。

「今だ!」

騎士たちがいっせいに、深泥沼のドラゴンに襲いかかる。

しかしその中に、シルヴァンはいない。

シルヴァンはどこだろう。

フォンスは空中で羽ばたきながら、耳を澄ませた。

喧噪でシルヴァンの声は聞こえない。

（シルヴァンさま……！）

フォンスは心の中で強く思った。

（シルヴァンさま、僕を呼んで、見つけるから……！）

すると、頭の中にかすかに（ここだ……）という声が響いたような気がした。

さっとあたりを見回し、沼地から岩山が立ち上がっている先に目を向ける。

岩棚の上にもドラゴンと騎士たちが入り乱れている。

そしてその中に、険しい崖になっている場所があり、数匹のドラゴンがその崖から下を見下ろし、しきりに前足で下にある何かを掻こうとしているようだ。

フォンスがそこに急降下すると、ドラゴンたちが驚いてフォンスを見上げた。

「なんだ、飛んでいる……！」

「飛竜だ、どこから来た⁉」

「敵なのか？　味方なのか？」

フォンスの姿に驚いたドラゴンたちが、慌てふためく。

そして、そのドラゴンたちが立っている岩棚の下、切り立った崖にわずかに張り出した場所に、一人の騎士が仰向《あおむ》けの姿でぐったりと横たわっていた。

シルヴァンだ……！

おそらく崖から落ちたのだろう、意識をなくしているようだ。

そのシルヴァンを、崖の上と下からドラゴンたちがなんとかかぎ爪に引っかけようとしていたのだ。

ドラゴンたちの身体はあちこち傷ついている。

シルヴァンの剣にやられ、そのシルヴァンをなんとかして殺してやろうと憤っているドラゴンたちなのだと、フォンスにはわかった。

フォンスは真っ直ぐにシルヴァンめがけて降下した。

翼が崖に触れないように、首だけをすっと伸ばし、鎧に覆われたシルヴァンの身体を軽く口に咥《くわ》え、そのまま飛び上がる。

「あいつは、人間側のドラゴンだ！」

「人間側に飛竜がいるぞ！」

そう叫びながら、何匹かのドラゴンがフォンスに向かって火を吐いたが、フォンスはその炎が届かない場所まで飛び上がっていた。

シルヴァンの身体はぴくりとも動かない。

もう、声も聞こえてこない。

シルヴァンは大丈夫なのだろうか、どこか大怪我をしているのではないだろうか。

フォンスは深泥沼から離れ、空からどこか下りられる場所を探した。

少し離れた緑の山の中腹に、小さな洞穴があるのを見つける。

鋭くなっているらしいフォンスの五感が、そこは安全だと告げている。

フォンスはその山に降り立つと、洞穴の中に入った。

入り口は狭いが中は広々としていて、乾いた砂が敷かれている、居心地のよさそうな場所だ。

ここなら大丈夫そうだ、とフォンスは慎重にシルヴァンの身体を砂の上に下ろした。

鎧を脱がせようとして、ドラゴンのかぎ爪では難しい、とちらりと考えた瞬間、フォンスの身体は人間型になっていた。

また服を着ていないし、身体に流れる銀色の髪がさらに長くなっているように感じるが、そんなことはどうでもいい。

急いでシルヴァンの兜を取ると、シルヴァンの濃褐色の髪がこぼれ落ちた。

艶をなくし、乱れている。

そして……顔は青ざめ、目を閉じている。

それがあまりにも静かな表情に見えて、フォンスは慌ててシルヴァンの顔に自分の頬を近寄せた。

呼吸……は、感じる。

少し浅いが、規則正しい。

——大丈夫だ、生きている、気絶しているのだ。

どこか怪我をしていないだろうか、とフォンスはシルヴァンの表情を見ながら鎧を脱がせていく。

鎧は激しい戦いを物語るように、あちこちへこみ、傷がついていた。

綿入れの鎧下も、数ヶ所破れている。

だがそれは表面だけで、鎧が身体を守ったのだとわかる。

ようやくゆったりしたシャツとズボンだけの姿になると、シルヴァンの呼吸が少し深く、楽そうになった。

「シルヴァンさま……」

フォンスがそっとシルヴァンの頬に手を当てると……

シルヴァンの目が、ゆっくりと開いた。

美しい碧の瞳の焦点が、ゆっくりとフォンスに合う。

そしてその、シルヴァンの目が、ゆっくりと細められた。

優しく、夢見るように、フォンスを見つめ……それからはっとしたように数度瞬きする。

「フォンス？　フォンスなのか？　どうして……私はいったい」

慌てたように左右を見回し、上体を起こそうとして「う」と眉を寄せる。

「あ、ゆっくり。どこか痛みは」

フォンスはシルヴァンの身体を支え、シルヴァンは砂の上に座ると、自分の身体をあちこち点検した。

「大丈夫だ、大きな怪我はしていない……そうだ、ドラゴンどもに追い詰められて、崖から落ちたのだ」

後頭部に手を当てる。

「頭を打って、気絶したのだな」

そう言ってから、改めてフォンスを見た。

「ゆっくりと気を失いながら……お前を、呼んだ気がする。だがそれで、どうしてお前がいるのだ？　ここはどこだ？　戦いはどうなった？」

「……シルヴァンさまの、声が聞こえたのです」

どの問いから答えるべきなのかと思いながら、フォンスは言った。

「僕を呼ぶ、声が聞こえて……それで、気がついたら僕は……飛べて」

「飛べた？」

シルヴァンが驚いたように眉を上げたので、フォンスは頷いた。

「どういうことなのか、僕にも……それで、深泥沼まで飛んで、シルヴァンさまを見つけて。ここは少し離れた山の洞穴です。戦いのことは、わかりません」

「……そうなのか」

シルヴァンはゆっくりと、フォンスの言葉を理解したようだった。

「では、私はまた……お前に救われたのだな」

また、という言葉にフォンスは一瞬きょとんとし、シルヴァンが蛇に噛まれたときのことか、と思い出した。

「そんなの」

フォンスは首を振った。

「最初にシルヴァンさまが僕を拾ってくださったときのことを思えば、僕のしたことなんて、まだまだです」

「二度も命を救ってくれたのに、か」

シルヴァンが微笑む。

だがフォンスは、シルヴァンのほうは単に飢え死にしかけた自分の命を救ってくれただけではなく、それ以上の何か……そう、自分の生きる意味とか、そういう、もっと大きな何かを与えてくれたような気がする。

シルヴァンが従者にしてくれたおかげで、自分はいろいろなことを見聞きし、自分でものを考えられるようになったように思えるのだ。

「それはそうと」

シルヴァンは洞穴の入り口のほうを見た。

「戦いがどうなっているのか、気になる。まだ決着がついていないのなら、私もたいした怪我はしていないようだし、もう一度……」

「待ってください」

シルヴァンが今にも立ち上がって鎧を身につけだしそうな気配に、フォンスは慌てて言った。

「僕が、見てきます。シルヴァンさまはここにいてください」

そう言って、シルヴァンから少し離れ、さっとドラゴンの姿になった。

一抹の不安はあったのだが、大丈夫、またあの銀色の鱗の、翼の大きな飛竜の姿になれる。

「……それが、お前か」

シルヴァンは驚いてフォンスを見上げた。

「美しく……気高い、伝説にある、いにしえの飛竜の姿……お前は、そういうドラゴンだったのか」

その感嘆の声が嬉しく、そして少し気恥ずかしい。

「ちょっと、行ってきます」

そう言ってフォンスは洞穴の外に出ると、深泥沼のほうに向けて飛び立った。

遠くからでも、喧噪がさきほどよりも小さくなっているのがわかる。

フォンスが近づくと、深泥沼のドラゴンの巨体は見えず、人間の騎士たちから歓声があ

がるのがわかった。

「さきほどの飛竜だ！」

「我らを救ってくれたドラゴンだ！」

どういうことだろう、と思いながらフォンスが下りる場所を探していると、

「こっちだ」

聞き覚えのある声がした。

ボウだ！

見下ろすと、焼けた草地に、他の馬と一緒に、ボウとポーが並んでいる。

ボウには、姿が変わっても自分がわかるのだと、フォンスは嬉しくなった。

ひらりと地面に下り立つと、

「ご主人は？　お前がご主人を咥えて飛んでいくのが見えた。ご主人は無事か？」

ボウが尋ねる。

「無事です、大きな怪我はありません、気絶しただけです」

「そうか」

フォンスの答えにボウがほっと息を吐いた。

「ドラゴンの尾にはね飛ばされて、ご主人は俺から落ちたのだ。そのままご主人は、俺たちには上れない崖をドラゴンを追って上がっていってしまったので、はぐれてしまったの

だが……よかった」

「それで、戦いは？」

フォンスが尋ねると、

「お前がそれを尋くのか」

ボウが例によって少し呆れた感じで言った。

「お前が深泥沼のドラゴンに向かって青白い炎を吐いた、あれが決定的だったのだ。深泥沼のドラゴンはあれで弱り、人間側があいつを再び沼に追いやり沈めた。当分出てはこないだろう。無法ドラゴンはちりぢりに逃げて、今は、まだ抵抗しているドラゴンを追い詰めているところのようだ」

それでは……人間側が勝ったのだ。

自分がとっさに吐いた炎にどんな力があったのかわからないが、あれが決定的だったのだと言われると、なんだか不思議な気持ちだ。

だがとにかくもう、シルヴァンが戦いに戻る必要はないのだ。

「じゃあ僕、シルヴァンさまのところに戻ります」

「待て、俺たちも連れていけ、荷物もあるんだぞ」

ボウの言葉に、そうだ、水や食料も必要だろうと思い返す。

「じゃあ……失礼します」

そう言ってボウの身体を咥え、前足でポーの身体をそっと持ち上げると、フォンスはそのまま飛び立った。

「……あまりいい気分じゃないな」

ボウが呟き、ポーが「吐きそう」と言ったのが聞こえたが、幸い本当に吐く前に目的の山に着く。

洞穴の入り口の、少し下の草地にボウとポーをそっと下ろすと、人間の姿になってポーの荷物を下ろし「ここで休んでいてください」とボウに言って、斜面を駆け上がった。

洞穴に駆け込むと、シルヴァンは片膝を立てて静かに座っていたが、フォンスを見てはっと腰を浮かせた。

「フォン……」

「戦いは、人間と契約ドラゴンの勝ちです。深泥沼のドラゴンは、また沼に潜りました！」

フォンスは大急ぎでそう言った。

「ボウとポーも連れてきました、外にいます」

「……そうか」

シルヴァンの顔が明るくなる。

先ほどよりも顔の血色もよくなっている。

「シルヴァンさまは、とにかく一度、少し休んでください」

フォンスはそう言って荷物を下ろし、野営用の敷き布を取り出して敷き、水や食べ物を取り出してシルヴァンに差し出そうとすると……

「待て」

シルヴァンの腕が、軽くフォンスの腕に触れ、止めた。

「え、あの」

何か先にするべきことがあっただろうか、とフォンスが戸惑っていると……

「とりあえず、何か着ろ。目の毒だ」

シルヴァンが微妙にフォンスから目を逸らし、早口でそう言った。

フォンスははっとして、自分の身体を見た。

そう……何も着ていない、裸のままなのだ。

そしてその身体は、シルヴァンが蛇に噛まれて看病したあとに変化した姿と、また少し違っているような気がする。

「僕は……また、変ですか」

フォンスが戸惑って尋ねると、シルヴァンも戸惑ったように、額に手を当てる。

「変、ではない……より大人に、より美しくなっている……そして、私が蛇の毒にやられているときに夢で見たのは……どうやら今のお前の姿のようだ」

そう言ってから、フォンスの顔を見つめる。

「どこか性を超越した美しさの、不思議な姿だが……とにかく、その身体は完全な大人の、男だ」

そう言われてフォンスは改めて自分の身体を見下ろした。確かに見える部分だけでも、より手足がすんなりと伸び、体つきもしっかりしているようだ。もちろん、シルヴァンの騎士としての逞しい身体とは違うが。

「着るものは……なくしてしまって」

牝ドラゴンたちが閉じ込められている岩山で脱がされてそれきりだ。

あのドラゴンたちは無事に逃げ出しただろうかと思いながら、フォンスは荷物を探り、とりあえず最初に目についた毛布を身体に巻きつけた。

身体の前で毛布を合わせたものの、毛布の長さが足りず、にょっきりと素足が突き出ているのがなんだかかえって恥ずかしい。

「それで……あの」

フォンスは、次に何をしたらいいのかわからなくなった。

シルヴァンは元気を回復したようで、蛇に噛まれたときのような看病もいらないだろうし、休んでもらうためには、自分がここにいたら邪魔なのではないだろうか、出ていくべきだろうか、などと考えていると……

「座ったらどうだ」

どこか笑いを堪《こら》えたような声で、シルヴァンが言った。

フォンスはとりあえずするべきことがひとつわかり、シルヴァンの傍らにぺたんと座り込む。

シルヴァンは、無言でじっとフォンスを見つめている。

落ち着かない。

「あ、あの……」

「フォンス」

穏やかな声で、シルヴァンがフォンスを呼んだ。

「お前はこれから……どうしたい？」

「どう……？」

意味がわからず、フォンスは戸惑ってシルヴァンを見た。

「どう、って……」

「私とお前は、一度別れた」

シルヴァンは静かに続ける。

「私が戦いに行くことになって、お前を連れていけず、私たちは別れた。そして、縁があるならまた出会うだろうと思った……そして実際に、思ったよりもはるかに早く、私たちはまたこうして一緒にいることになった。それは、どういう意味だと思う？」

どういう、意味……と言われても、フォンスにはわからない。

「シルヴァンさまが……僕を呼んだから……」

「それが私には不思議なのだ」

シルヴァンはわずかに首を傾げる。

「私は確かにお前を呼んだ。意識を失いかけながら……私が呼んだのは、父でも母でもなく、お前だった。その意味は、私にはわかる、と思う」

シルヴァンが自分を呼んだ意味……父でも母でもなく、フォンスを呼んだ意味。

それはなんなのだろう、とフォンスはシルヴァンを見つめた。

「私は……ずっと、孤独だったのだ」

シルヴァンは空を見るように言った。

「父が思いがけずドラゴン持ちとなったことで家庭の温かみは失われ、小姓づとめを終えて王宮から戻ってからは同年代の友人というものもなく、私は孤独だった……ただ、自分が孤独であることには気づいていなかったのだ、と思う」

その声音は淡々としているが、その静けさには何か切ないような響きがある。

「遍歴の旅に出て、お前を見つけ……ドラゴンと関わることは避けようと思っていたはずなのに、どうしてか捨てておけなくて、従者にした。小さな弱々しい子どものドラゴンだから大丈夫だろうと思い……それでも、うかつに隙を与えることはすまい、と。お前には、私が冷たい人間だと思えたことだろう」

「そんなこと！」

フォンスは首を振った。

笑みを見せず、ときにはどこか突き放したような言動さえ見せながら、シルヴァンの本質は決して冷たい人などではないと、フォンスにはわかっていた。

冷たい人だったら、フォンスを助けたりしなかっただろう。

冷たい人だったら、そもそもドラゴン持ちの騎士となって「愛」という感情を失うことを怖れたりもしなかっただろう。

フォンスにはそれが、わかる。

「お前との旅は」

シルヴァンは目を細め、フォンスを見た。

「意外にも、楽しく……面白かった。人間の従者を持つことさえ面倒で、ボウさえいればいいと思っていた私が……一人ではない、焚火を挟んで会話をする相手がいる、私を慕い、気遣ってくれる相手がいる、そして私も、お前がいることを念頭に置きながら行動する……自分にはそんな面もあったのだと、興味深かった」

シルヴァンはそんなふうに思ってくれていたのだ。

それがフォンスには、嬉しい。

口数の少ないシルヴァンが、こんなに多くの言葉で自分のことを語ってくれている、それも、本当に嬉しい。

「それでも私は」

シルヴァンがフォンスを見つめる目が、甘い優しさを帯びた。

「お前を、最初に見たときのままの、小さな子どものドラゴンだと思い込んでいた。だが実際にはお前は私が思っていたよりもずっと大人で、自分の理想や考えをきちんと持っていて……そして愛情深い。私にだけでなく、ボウやポーに対する態度でもわかったし、宿の少年のことで私を諫めてくれたとき、お前の内面は、見た目よりも大人で、そして繊細なのだと思った。そんなお前が、望み通り騎士と契約したとして……それはお前にとっていいことなのだろうか、と私は考えるようになっていた。そう思う心のどこかに、お前を他の騎士に渡したくはない、という思いもあったのかもしれない。かといって、私が契約することもできない」

そんなふうに、シルヴァンはフォンスのことを思ってくれ、悩んでさえいてくれた。

「シルヴァンさま……」

フォンスは胸が詰まる思いで、ただそう言うことしかできない。

するとシルヴァンが少し身を乗り出し、フォンスの目を間近で見つめた。

「そして、私が蛇に嚙まれたとき。意識はほとんどなかったのに、お前が私を優しく守り、包んでくれているのがわかった。お前が私の命を救ってくれるのだと、心のどこかで、私にはわかっていた……そしてあのとき私が夢で見たお前の姿は、私がお前の中に見た、お前の魂の姿だったのだと思う……そして今、お前はその姿で、ここにいる」

フォンスは思わず、毛布を纏っただけの自分の身体を見た。

流れ落ちる銀の髪が、毛布の上からその身体を覆っている。

自分でも知らなかった自分のこういう姿を、シルヴァンは夢で見ていた。

何か、不思議なことが起きたのだ。

「フォンス、お前のその美しさは……邪心も打算もない、お前に優しくしてやれなかった私を、ひたすらに慕ってくれた、お前の魂そのものの美しさだと、今ならわかる」

「そんな……そんな、こと」

そんなことはないと思い、そしてそんなことがあればいい、とも思う。

自分の魂が、シルヴァンが美しいと言ってくれる今の姿にふさわしいものであってくれれば、と。

シルヴァンの声が、低くなる。

「そして、ドラゴンとの戦いで死ぬかもしれないと思った瞬間……私がもう一度会いたいと思ったのは、お前……その姿の、お前だったのだ」

シルヴァンが死ぬかもしれないと思った瞬間、求めてくれたのは自分だった。

飢え死にしかけていた小さなドラゴン、藁色の髪の痩せた子どもの姿ではなく、フォンスの魂の姿を感じ取ってくれ……そのフォンスに会いたいと思ってくれた。

そしてシルヴァンは、フォンスを呼んだ。

その声が、自分に届いたのだ。

「ただ、どうして私のその呼び声をお前が感じ取ってくれたのか、それが私には不思議でならない」

シルヴァンはそう言うが、フォンスにはわかる。

それは、自分も、シルヴァンを呼んだからだ。

自分も、シルヴァンの姿を求め、シルヴァンの側に行きたいと願ったからだ。

あの瞬間確かに、二人の心が呼び合い、通じたのだ。

「僕も……シルヴァンさまを、想ったんです」

フォンスは思い切って言った。

「シルヴァンさまがご無事かどうか、怪我をなさっていないか……お側にいたい、行きたいって……そうしたら、シルヴァンさまの声が」

「そうだったのか」

シルヴァンの目が驚きに見開かれる。

「お前も……私を」

言葉にならない思いが溢れ、フォンスはシルヴァンと見つめ合った。

こんなふうに互いを呼び合い、互いの想いが通じることを、なんと言うのだろう。

すると……シルヴァンが、抑えた声音で言った。

「お前はまだ、私を主人として仕えたい……契約したいと思っているか？」

フォンスは首を振った。

そもそも自分が騎士のご主人を求めたのも、老ドラゴンに、それがドラゴンとしての理想の姿だと言われたからだった。

もちろん、そういう考え方を持っているドラゴンはいるだろう。

そして、シリカのように、自分なりの考えを持って騎士と契約しているドラゴンたちもたくさんいる。

だが……自分は、今の自分の願いは、そうではない。

「シルヴァンさまがおいやなら、僕はそんなことは望みません。僕は……僕はただ、今のままのシルヴァンさまと、一緒にいたい……それだけなんです」

契約ドラゴンとしてではなく。

一生、人間の従者のふりをしてもいい、シルヴァンの側にいられるのなら。

そう思いかけて、ふとフォンスは不安になった。

そもそも自分は、人間の従者としては少しばかり目立ちすぎる姿になってしまった。

別な姿にどうやったらなれるのか、わからない。

それに……シルヴァンが蛇に嚙まれたあと、はじめて姿が変化したときのことを思い出すと……

「僕、でも、あの」

躊躇いながら、フォンスは言った。

「でも、一緒にいて、またあのときにように、発情してしまったら……」

あのとき、シルヴァンは驚き、怒り、拒絶した。

あんなことがまた起きて、シルヴァンを失望させたくない。

だがシルヴァンは、フォンスの言葉にはっとしたようだった。

「待て、発情？　あれは……発情だったのか……？」

「ボウに、そう言われました」

しょぼんとしてフォンスは言った。

「無駄で、下品なことだって……本当にシルヴァンさまに申し訳なくて……」

「いや」

シルヴァンは額に手を当てて一瞬考え込み……それからふいに、笑い出した。

「そうか、そういうことか」

「シルヴァンさま……？」

フォンスにはわけがわからない。

シルヴァンが笑うのを見るのは嬉しいが、どうして笑っているのだろう。

しかしシルヴァンはひとしきりくっくと笑ったあと、ふっと真顔になった。

瞳にだけ、笑みの余韻が残っている。

「そうだ、あのときお前は……契約しろ、と言ったのではなく……『お前と契る』と言え、と……そういう意味だったのか」

そんなことを口走ったのかどうか、フォンスはよく覚えていない。

するとシルヴァンの手が伸びてきて、そっとフォンスの頬に触れた。

「あ」

びりっと、そこから痺《しび》れるような何かが走り、フォンスは思わず小さく声をあげた。

シルヴァンの親指が優しくフォンスの頬を撫でると、身体の奥に覚えのある熱が点り、
唇が薄く開いた。

「あ……」

小さく甘い声が洩《も》れ、頬が上気するのを感じる。

「なるほど、これは確かに……発情だ」

シルヴァン笑みを含んでそう言うと、フォンスの唇の中に親指の先を入れて閉じないよ

うにして、ゆっくりと顔を近寄せ……唇を重ねてくる。

「うっ……んっ」

シルヴァンが……シルヴァンが、口づけてくれている。

シルヴァンの唇、シルヴァンの舌、シルヴァンの指、すべてを味わい、貪《むさぼ》りたい。

フォンスはシルヴァンの肩に腕を回し……その拍子に、身体の前で押さえていた毛布がはらりと落ちた。

素肌に空気を感じ、フォンスははっとして、シルヴァンの胸に手をついた。

唇が離れる。

「だ、だめです、僕はまたっ……シルヴァンさまを誘惑――」

無意識にシルヴァンに契約を迫ってしまうかもしれない。

だがシルヴァンは首を振った。

「この誘惑は、違う。契約を迫る誘惑ではなく……お前がただただ、私を強く想うあまりに発情した誘惑だというのなら、私はむしろ、その誘惑に乗りたい……お前を、もっと深く知るために」

もっと、深く知るために。

その瞬間、フォンスは自分の奥深いところで、シルヴァンの言葉を理解した。

そうだ……契約とか、そんなことではないのだ。

ただただシルヴァンをもっと深く知り、自分をもっと深く知ってもらうために、シルヴァンと契りたい。

発情とは……その想いのことだったのだ……！

「じゃあ……いい、んですか……？」

フォンスが尋ねると、シルヴァンが頷く。

瞳に、笑みと、それからフォンスがはじめて見る不思議な熱を浮かべて。

だったら……だったら、シルヴァンが、欲しい。

フォンスは自分の中で、何かのたががぱちんとはずれたような気がした。

両手を広げ、シルヴァンに抱きつく。

シルヴァンの手が、フォンスの身体を受け止める。

唇が重なる。

今度はシルヴァンのほうから強く唇を重ね、吸い、舌を忍び込ませてきて、シルヴァンとの距離が一挙に縮まったような気がした。

肌と肌の距離だけでなく……心の距離が。

忍び込んでくる舌を迎え、絡め、唾液を味わい、そして自分からもシルヴァンの口の中を探りたいと思う。

口づけながら、シルヴァンの素肌に触れたいと感じ、もどかしく手探りでシルヴァンのシャツをズボンから引っ張り出そうとするが、焦って手が震えてなかなかうまくいかない。

唇を重ねたままシルヴァンが笑った気配がして、そして唇を離す。

フォンスは思わず舌でシルヴァンの唇を追いかけ、離れる寸前までシルヴァンの唇を舐める。

「お前は……どうしてこんなことを知っているのかな」

シルヴァンが目を細めてそう言い、フォンスは戸惑った。

この前のときも、フォンスには自分がどうしてこんなことを知っているのかわからなかった……ただただ、本能的に、と言うしかない。

「わかりません……ただ、こう、したくて」

そう答える声すら、濡れて掠れているのが自分でもわかる。

「こうして見ると」

シルヴァンが両手でフォンスの頬を包み、フォンスを見つめる。

「確かに、人ではない……この硬質で透明なのに甘やかな美しさは、人間のものではないのに……人間である私に、これだけ強い欲望を起こさせる、ドラゴンの不思議さだな」

フォンスははっとした。

本当にシルヴァンも、「強い欲望」を感じてくれているのだろうか。

だったら嬉しい、早く、早く、この続きをしたい。

フォンスの瞳に浮かぶ欲望を感じ取ったかのように、シルヴァンは自分のシャツの襟元の紐を緩め、脱ぎ去った。

フォンスはその身体を見て、思わずため息をついた。

鍛えられた筋肉の乗った、逞しい身体……それなのにごつごつした感じはまったくなく、身体全体の輪郭は滑らかな曲線でできているように見え、美しい。

思わずフォンスは手を伸ばし、シルヴァンの胸のあたりに掌で触れた。

弾力が掌を押し返すような、心地よさ。

シルヴァンの象牙《ぞうげ》色の肌に乗せた手を見ると、自分の肌の色が、白く、かすかに銀色を帯びているのがわかる。

掌で腹まで撫で下ろすと、ズボンの前が膨らみを見せているのがわかった。

「あ……」

フォンスは唾を飲み込んだ。

シルヴァンが、興奮している。興奮してくれている。

これを……見たい。

震える手でズボンの前を開けると、髪と同じ濃褐色の叢《くさむら》から、シルヴァンのものがすでに頭を擡《もた》げていた。

触れたい。

フォンスは両手でそれを握り、掌に伝わる熱に、身体を震わせる。

これを……味わいたい。

そう思った次の瞬間、フォンスは脚の間で身体を伏せ、性器に唇をつけていた。

「うっ……」

シルヴァンが堪えるような声を洩らす。

その声がフォンスの耳を愛撫《あいぶ》してくれたように感じ、全身がぞくりとする。

滑らかな先端を、数度、唇で食む。

それからゆっくりと唇を開き、先端を包んでいく。

張り出したところの縁を唇で擦るように動かすと、どくりと性器全体が脈打ち、膨らみを増したのがわかった。

一度浅いところまで引いて、先端全体を舌で味わってから、今度は深くまで呑み込む。

シルヴァンが息を詰めた。

フォンスはただただ自分がこうしたい、こうやってシルヴァンを味わいたいという欲求に突き動かされているのだが、それでシルヴァンが感じてくれているのなら、嬉しい。

根元から張り出したところまで唇で扱《しご》き上げ、また深くまで含んでは、奥まで迎えた先端を喉で締めつける。

シルヴァンの先端から、塩気を帯びたものが滲み出してくるのがわかる。

これを、もっと、味わいたい……！

そう思った瞬間。

「待て」

シルヴァンが、フォンスの頭を押さえた。

「ちょっと、待て」

そう言って、フォンスの銀色の髪の中に指を差し込み、愛撫するように力を加えながら、顔を上げさせる。

ちゅっと音を立て、フォンスの唇が、粘液の糸を引いてシルヴァンの性器から離れた。

「どうして……」

このまま自分もシルヴァンもどんどん気持ちよくなっていくのだと思っていたのに、何かいけなかったのだろうか、とフォンスは不安を覚えた。

しかしシルヴァンは苦笑し、身を屈めてフォンスの額に、自分の額をつける。

「お前はこれを、どうしたいんだ？」

これ、というのが……シルヴァンの性器のことだと、フォンスにはわかる。

「私をいかせて、それでいいのか？　それがお前の交尾の仕方か？　私のこれを、お前の中に埋めさせてはくれないのか……？」

抑えた声音の中にシルヴァンの欲望を感じ取り、フォンスの全身が震えた。

それにしても……

「シルヴァンさま、なんだか……違う……」

こんなふうに、冗談めいた意地悪を言う人だったとは、知らなかった。

もちろんそれも、フォンスにとってはシルヴァンの新しい魅力的な一面なのだが。

「……私は、誰かと深く関わることを拒絶してきた、が」

シルヴァンが真面目な顔になる。

「いったん関わると決めたら、その関わりはおそろしく濃く、深くなる気がする」

おそろしく濃く、深く……フォンスと関わろうとしてくれている。

そしてその証《あかし》のひとつとして、フォンスの中に己を埋めたいと思ってくれている。

そうだ……自分は、そうしたいのだ。

シルヴァンを自分の中に迎え、身体を繋げたいのだ。

「あ……ほし、い」

フォンスは思わず甘えるようにそう言って、シルヴァンに全身を擦りつけた。

こうして肌と肌が重なるだけで、おそろしく気持ちがいい。

自分の身体の内側でシルヴァンを感じたら、どれだけ気持ちがいいのだろう。

「それなら」

シルヴァンがフォンスの腰に手を回し、ぐるりと身体の位置を入れ替えた。

皺が寄った敷布の上に、フォンスの背中がつき、シルヴァンが覆い被さってくる。

「その前に私にも、お前を……可愛がらせてくれ」

顔が近寄り、唇を重ねてくれるのだと思ったのだが、触れる寸前でシルヴァンが動きを止め、目を細めると……

「ああ、ひとつだけ」

苦笑しながら、そう言った。

「ことの最中に、ドラゴンの姿になることだけは、やめてくれ」

「え」

そんなことは考えてもいなかったフォンスは目を丸くした。

「ドラゴンの姿も、人の姿も、どちらもお前らしく美しい、どちらのお前でも構わない、ただ……こうして契るのなら、人の姿でないと難しいと思うから」

シルヴァンは笑っている。

甘い……甘い、冗談だ。これは、睦言《むつごと》というものだ。

フォンスはどうしてか、そんな言葉も知っている。

「だい、じょうぶ……」

そう言って頷ける、自信もある。

ドラゴンも牡同士でつがうこともあるが、欲求を発散する一瞬の格闘技のようなもので、今フォンスがシルヴァンに対して感じている「ひとつになりたい」という欲望とは、まったく違うものだ。

人の姿でなくてはシルヴァンと契れないのだから、ドラゴンの姿になってしまうはずがない。

「それならいい」

シルヴァンは優しく言って頷き、今度こそ唇を合わせてくれる。

すぐに口づけは深くなり、同時にシルヴァンの手がフォンスの肌をまさぐりはじめた。

肩、腕、脇腹……そして、胸。

掌全体で胸を撫でられると、ぴりっとした刺激が全身を走った。

だがシルヴァンの手はそこには留《とど》まらず、脇腹へ戻り、腰骨を撫で、そして浮いた腰の後ろに回り、背中を撫で上げてくる。

どこもかしこも、気持ちがいい。

シルヴァンの手が触れたところから、熱を持って蕩《とろ》けていきそうだ。

「んっ……ん、っ……っ」

シルヴァンの唇を、舌を、貪っていたはずなのに、気がつくと意識は、シルヴァンの手の動きを追いかけてしまっている。

再び掌が胸を這《は》い、指先が乳首を掠めた。

そこを弄《いじ》ってほしいと思うのに、シルヴァンの手はまたそこを離れていく。

「っ……ゃあっ」

思わず首を左右に振った瞬間、唇が離れた。

フォンスが訴えるようにシルヴァンを見上げると、シルヴァンはフォンスが何を求めているのかわかっている、というように笑った。

そしてフォンスの片手を持ち上げると、その指に唇をつけた。

「あ……っ」

指先を唇に含み、愛撫する。

そう、まるで……さきほどフォンスがシルヴァンの性器を愛撫したときのように。

「あ、あ」

ぞくぞくする。

シルヴァンはフォンスの指をたっぷりの唾液で濡らすと、その指をフォンスの胸に持っていった。

「ここは、自分でできるか……?」

少しばかり意地の悪い、誘惑。

「あ……」

濡れた自分の指先がぬるりと乳首を撫でると、思いがけない快感が生まれる。

摘まむ。押し潰《つぶ》す。指先で転がす。

摘まんで引っ張るのが、一番刺激が強い。

シルヴァンはもう片方の手を取り、同じように指先を唾液で濡らし、そして胸に置く。

両手で自分の乳首を弄りながら、フォンスはたまらなくなって腰を浮かせた。

「あ、ああ、やっ……これっ……」

「気持ちいいか？」

誘導するような問いに、

「気持ち、いい……っ」

答えた瞬間、さらに快感が膨らむ。

「こっちも」

シルヴァンの手が、ゆっくりと腹を撫で下ろし……そして、とっくに熱を持って張り詰めていた性器に触れた。

「あっ」

乳首で感じているのとは、また別の快感。

フォンスが思わず視線をやると、シルヴァンのものよりもほっそりとしたそれは、シルヴァンの片手にすっぽりと収まりながら完全に反り返り、濡れそぼっている。

数度扱かれると、滲み出していたぬめりはすぐにシルヴァンの掌を濡らし、そのぬめりを擦りつけるように手を上下に動かされると、腰が溶けそうなほど感じる。

「んっ……っ、あ、あぁっ」

自分を愛撫しているのがシルヴァンの手だと思うだけで、気持ちよくてどうにかなりそうなのに、シルヴァンの手は巧みに、指先で先端を擦り、割れ目に指を押し込むように擦り、そしてまた全体を擦り上げてくる。

快感の波がフォンスを呑み込んだ。

「ああぁ、あ、もっ……っ」

来る、と思った瞬間……背骨を何かがおそろしい勢いで駆け上がった。

「――っ」

頭の中が真っ白になり、フォンスはのけぞって、全身を引き攣らせた。

白いものが、受け止め切れないシルヴァンの手から溢れ、腹を濡らす。

シルヴァンの手は、さらに数度、絞り出すようにフォンスを扱いてから、ゆっくりと離れた。

フォンスは荒い息を吐きながら、涙で曇った目を数度瞬きした。

しかし、息を整える間もなく、シルヴァンの手はくったりと芯を失った性器をかいくぐり、その後ろの狭間《はざま》へと潜り込んでいく。

フォンスは無意識に、脚を広げた。

その奥に……触れてほしい、場所がある。

シルヴァンの指が、そこに辿り着きやすいよう、腰を浮かせる。

「お前、自分がどんな蠱惑的《こわくてき》な姿をさらしているのか、わかっているのか」

シルヴァンは何かを堪えるように片頬を歪めた。

指先が、フォンスの最奥に触れる。

「ぁ……はっ、あっ」

入り口のやわらかい皮膚そのものが性感帯であるかのように、フォンスの身体が甘く痺れる。

フォンス自身の放ったものをまとった指が、優しく周囲を撫で、それから中心に当てられる。

つぷりと指先が沈んだだけで、フォンスは我慢できなくなり、さらに大きく脚を広げて腰を浮かせた。

「あ、シルヴァンさ、ま、あ、やっ」

内側の粘膜がひくつき、指を誘い込むのがわかる。

もっと奥へ、もっと深く。

抜き差しされる指が増える。

だがもっと……奥に、欲しい。

「……こちらからでは、もどかしい」

シルヴァンが呟くように言って、ちゅぷっと音を立てて指を引き抜いた。

とたんに、身体の中に大きな空洞があることを思い知らされた気がして、フォンスは切なく身を捩《よじ》る。

そのフォンスの身体を、シルヴァンの腕が軽々と裏返した。

「あ」

後ろ向きに膝立ちにさせられ、恥ずかしい場所をシルヴァンの目の前にすべてさらし、フォンスはシルヴァンが何を望んでいるのか悟って……胸を敷き布にぴたりとつくほどに伏せ、自ら腰を高く上げた。

背後でシルヴァンが蹴飛ばすように、ズボンを脱ぎ捨てる気配がして。

熱いものが、そこに押し当てられた。

シルヴァンの、熱。

早く……と、フォンスのそこが、くぷ、と口を開けるようにひくつく。

めり込むように、シルヴァンが、入ってくる。

「うっ……く、んっ……あ、あ……っ」

シルヴァンの手がフォンスの細い腰を摑んで引き寄せ、その瞬間、シルヴァンが入ってきた……奥まで。

「あ……あっ」

シルヴァンが、自分の中にいる。

自分の奥深く、シルヴァンがフォンスの中に入ってきてくれている。

そう思った瞬間、フォンスの全身は泣きたいほどの幸福感に満たされた。

しかしそれはすぐに、身体が浮き上がるような快感に取ってかわる。

そして、もっと、という欲望に。

「シルヴァン……さまっ……」

フォンスは腰を揺らめかせ、そして中をひくつかせた。

「フォンス……っ」

低く、シルヴァンがフォンスを呼び……そしてもう一度腰を抱え直すと、一度浅いところまで己を引き抜き、そして次の瞬間、ぐっと押し込んだ。

「あ……！」

痺れるような快感がフォンスの全身に走る。

そのまま、最初は様子を見るようにゆっくりと、そして次第に確信を持って、深く、力強く、シルヴァンが律動をはじめた。

フォンスの内壁がシルヴァンの熱で擦られ、蕩けながらもシルヴァンを締めつける。

奥を突くシルヴァンを受け止め、引いていくシルヴァンを引き止める。

全身の皮膚に、銀色にきらめく汗が浮かぶ。

いい……気持ち、いい。

シルヴァンとこうして身体を繋げることが、こんなにも気持ちよく、こんなにも幸福だとは、想像もしなかった。

自分はこれを求め続けていたのだと、わかる。

「んっ……あ、あぁ……んっ、いっ……気持ち、いいっ……」

フォンスは口走ってから、

「シルヴァ……さま、はっ……？」

そう尋ねていた。

シルヴァンの動きが一瞬止まり……そして、ため息のような笑いの気配がして。

「いいに決まっている……我慢がきかない、ほど」

そう言ったかと思うと、再び勢いよく腰を打ちつけはじめた。

しかし決して独りよがりではなく……フォンスのあげる声を、肌の上気を、そして中のひくつきを確かめながら、よりフォンスを感じさせようとしてくれているのが、理性のほとんど飛んだフォンスにもわかる。

大きな熱が渦巻くようにフォンスの腰の奥から生まれ……

「あ――」

ふいに、痛みにも似た絶頂が、フォンスを呑み込んだ。

「……くっ……っ」

締めつけたシルヴァンのものが、二度、三度、大きくひくついて、フォンスの中に熱いものを吐き出す。

「あ……」

フォンスの内壁が、貪るように、悦《よろこ》んで、シルヴァンの放ったものを受け止める。

そのままシルヴァンはフォンスの背中にぴったりと重なるように身を倒してきて、しばらく、荒い呼吸が重なり合うのを感じていたが……

やがてシルヴァンがゆっくりと身を起こし、フォンスの中から己を抜き出していく。

「あ」

フォンスは、たった今満たされたはずなのに、まだ何かが足りないような気がして、背後のシルヴァンを振り向いた。

膝立ちになったシルヴァンのものは、まだ、硬さを保っている。

それが目に入ると、フォンスの中からまた、新しい欲望が湧き出した。

「も、っと」

フォンスは身体を起こし、シルヴァンを仰向けに押し倒すと、その腰を跨いだ。

後ろ手にシルヴァンのものを探り、シルヴァンの放ったものが零れ出しかけている自分

の後孔《こうこう》にぴたりと当てると……そのまま、腰を落とす。

再び、フォンスの中がシルヴァンで満たされる。

「くっ」

シルヴァンが呻いた。

「お前の中……なんという……っ」

額に汗を滲ませ、顔を歪めて堪えているのが、おそろしく艶っぽい。

「もっと、シルヴァンさまが……ほしい……っ」

フォンスがそう口走ると、シルヴァンが唇の端で笑った。

「くそ、好きなだけ、搾り取るがいい、私のすべてはお前のものだ」

その声が、甘く、優しく……そしてシルヴァン自身の新しい欲望をも明らかに含んでいるのがわかる。

今度は……自分が、シルヴァンをもっと気持ちよくさせてみたい。

フォンスはそんな思いに突き動かされ、シルヴァンの上で、ゆっくりと腰を動かしはじめた。


気がつくとフォンスは、シルヴァンの頭を抱き締めるようにして横たわっていた。

シルヴァンは静かな寝息を立てている。

ついさっきまで、自分がシルヴァンに抱かれていたような気がするが、今はこうして眠っているシルヴァンを抱いているのだと思うと、不思議な幸福感に包まれる。

その一方で……今になって、おそろしく、恥ずかしい。

制御できなくなってしまった自分が、どれほどあられもなくシルヴァンを求めてしまったのか、思い出すと恥ずかしくてたまらない。

しかもシルヴァンは、大きな戦いの直後で、かなり疲れていただろうに。

人間の交尾というのも、こういうものなのだろうか。

だがシルヴァンは、フォンスほどには最初から理性を飛ばしていなかったような気がする。

もしかして、自分だけが何か、おかしな状態になっていたのではないだろうか。

だとしたら……シルヴァンは呆れなかっただろうか。

そんなことを思いながらシルヴァンの寝顔を見つめていたフォンスは、シルヴァンの額に汗で張りついた一筋の髪が気になって、そっと指先で払った。

そのとき、シルヴァンの目が開いた。

「あ」
二、三度瞬きし、フォンスの瞳と視線が合うと、シルヴァンがにっこりと笑った。

優しく、甘く、満足げな笑み。

シルヴァンの顔に、こんなに自然な笑みが浮かぶのを見られるときが来るとは思わなかった……しかも、その笑みはフォンスに向けられたものなのだ。

旅の途中のシルヴァンは、淡々として、あまり表情を動かすことなく、眉を寄せるとか、唇を噛むとか、そういうことでしか気持ちを表さなかった。

それでも確かにシルヴァンの中には、この優しい笑みに通じる穏やかで優しい本質が存在していたのだと、フォンスは感じていたのだと、思う。

「……また、夢を見ていた」

シルヴァンが、微笑んでフォンスを見つめたまま、言った。

「また、お前に抱かれて、安心して眠る夢……だが今度のは、夢ではなかったのだな」

そう言ってシルヴァンは身じろぎし、上体を起こす。

「無茶をした気がする。お前の身体は大丈夫か」

「え、あ、ええ」

フォンスも同じように上体を起こし、全身が甘怠《あまだる》く、腰の奥がずしりと重いような気がするのに気づいた。

あれこれの痴態を思い出し、また恥ずかしくなってくる。

「僕……なんだか……あの、シルヴァンさま、呆れなかったでしょうか」

「呆れる？　ドラゴンの奔放で貪欲《どんよく》な性欲にか？」

シルヴァンはそう言ってから、フォンスが真っ赤になったのを見て笑みを深くする。

「だがそれは、そのドラゴンをいとおしいと思っている者にとっては、呆れるどころではない……魅力的で、歓迎すべきことだ」

フォンスはその言葉に、はっとした。

「いとおしい……」

シルヴァンが、自分のことを、そう思ってくれている。

そしてそれを、口に出してくれる。

シルヴァンは真面目な表情になって頷いた。

「そうだ、それが私の……お前に対する気持ちだ。そして私は……騎士とドラゴンの契約ではなく、一人の人間と一匹のドラゴンが結んだ契りが、私から愛という感情を奪いはしなかったのだと、それがわかって、本当に嬉しいのだ」

そう言って、フォンスの頬に、その大きな手を優しく当てる。

「ありがとう、フォンス……お前のおかげで、私は、こうありたいと思う人間でいることができるのだ」

ドラゴンと契約した父が「愛」という感情を失い、温かな家族は崩壊した。

小姓時代の親しい友人も、ドラゴンを得て変わってしまった。

自分はそうなりたくないと、騎士でありながらドラゴンとの契約を拒否し続けていたシルヴァンが、フォンスのおかげで、「こうありたいと思う人間」でいられると言ってくれる。

ドラゴンである自分が、シルヴァンから「愛」を奪わず、その「愛」を受け取ることができる。

嬉しい……！

そう思った瞬間、胸の奥に熱いものが溢れたような感じがして……フォンスの目が潤み、その縦長の虹彩の、金色の瞳から、涙が零れ落ちる。

「……大人の姿になっても、相変わらずそうやって、泣くのか」

シルヴァンが笑って、指先で涙を拭ってくれる。

その笑い声の、なんと心地よいことだろう。

もっとこの声を聞いていたい、この笑顔を見ていたい、そう思ったとき……

「何者だ！」

突然シルヴァンがそう言って、傍らにあった剣を引き寄せると、さっと身構えた。

その視線が、洞穴の入り口のほうを向いている。

フォンスもはっと同じ方向を見ると──

日の光を背に、いくつかの人影が、洞穴の入り口にあるのが見えた。

二つ……三つ。

ドラゴンだ！

フォンスよりも一回り大きいドラゴンが、三匹。

真ん中のドラゴンは、鈍く光る鉛色だ。

そのドラゴンが、炎を吐こうとするように口を開ける。

フォンスは無意識に、瞬時にドラゴンの姿になってシルヴァンの前に躍り出ると、自分も炎を吐こうとして……

相手の口から炎は出てこず、「ふり」だけだったことに気づき、フォンスも慌てて止めた。

「……銀の、飛竜」

ドラゴンはフォンスの姿を見て、感嘆したように呟いた。

「その翼、間違いなく、我らと同じ血に連なるもの」

フォンスがはっとしてドラゴンたちを見ると、三匹とも、フォンスと同じような大きな翼を背にはやしている。

鉛色のドラゴンは、不思議な威厳があり、かなりの年配であるとわかる。

そして三匹とも、無法ドラゴンとも、契約ドラゴンとも雰囲気の違う、どこか高貴な雰囲気を漂わせている。

フォンスもシルヴァンも警戒を解かずにいると、鉛色のドラゴンはゆっくりと近寄って、フォンスを見つめた。

「よくぞ……無事で」

ドラゴンの、縦長の虹彩に慈愛が滲んでいる。

「お前は間違いなく、予言された虹色の卵として王家に生まれたドラゴンだ……私はドラゴンの王、お前の曾祖父《そうそふ》に当たるもの。飛竜は王の家系にしか生まれず、その王の家系でも珍しいもの……その姿で、お前が間違いなく、行方《ゆくえ》知れずだった卵だとわかる」

フォンスはきょとんとして「王」「曾祖父」と名乗ったドラゴンを見つめた。

どういうことだろう。

曾祖父と言われても、ドラゴンは卵で孵ってある程度までは母に育てられるが、牡ドラゴンは子育てをしないので、父とか祖父とか言っても、結びつきは弱い。

そしてそもそもフォンスは捨てられていた卵だったので、血縁というものがまったくぴんとこない。

思わずシルヴァンを見たが、シルヴァンも片膝をついて剣を構えた姿勢のまま、訝しげにドラゴンを見ている。

王と名乗ったドラゴンは、シルヴァンに視線を動かす。

「そこにいるのは、人の騎士だな。その騎士を選び、契ったのか」

どう答えたらいいのかわからずフォンスが無言でいると……王がかすかに傍らのドラゴンたちに合図し——二匹のドラゴンがさっと前に出たかと思うと、両側からフォンスの前足を摑んだ。

「何を——」

シルヴァンが振り上げた剣が届かない場所へ、フォンスもろともさっと退く。

「離してください！」

フォンスは身を捩ったが、ドラゴンたちは強い力でフォンスを押さえつけている。

「抵抗するな、怪我をさせたいわけではない」

王は穏やかに言った。

「お前を迎えに来たのだ。時が来たのだ」

「迎えに……どこへ……？」

「我らの住まい、水晶の山へ」

王の答えに、シルヴァンははっとして呟いた。

「水晶の山……人の立ち入れない、禁制の山か」

その言葉に、フォンスはぎくりとした。

人が立ち入れないということは、シルヴァンは……入れないということか。

「僕だけ……？」

ドラゴンの王を見てそう言うと、王は頷く。

「そうだ」

もっとちゃんと説明してほしい、シルヴァンだけをここに置いて、知らない場所に行くわけにはいかない、とフォンスが思ったとき――

「人の騎士よ」

王がシルヴァンに向かって言った。

「お前たちを引き裂こうとしているのではない。ただ、お前が一人で、水晶の山の結界を越えられるかどうか知りたいのだ。身支度をして、ついてくるがいい」

そのままドラゴンたちは身を翻し、洞穴の外に出る。

王がふわりと飛び上がり、二匹のドラゴンもフォンスを両側から抱えたまま同じように飛び上がる。

「待って、待ってください、シルヴァンさまが――」

もがきながらフォンスが洞穴のほうを見ると、シルヴァンが服を着ながら洞穴から走り出て、外に出たボウに飛び乗ったのが見えた。

そのまま走り出すが、馬が通れる道を探して迂回《うかい》しなくてはならず、みるみるその姿は遠ざかっていく。

「シルヴァンさま、シルヴァンさま……！」

　フォンスは声を限りに叫んでもがいていると、
「仕方ない」
　右側にいたドラゴンが呟き、フォンスの口のあたりに何か霧のようなものを噴きかけ
……フォンスはふうっと意識が遠のいていくのを感じていた。

　目を開けると、フォンスは岩山をくりぬいた洞穴の中にいた。

　三方が荒削りの岩壁で、一方はくりぬかれた穴になって、その先に通路があるようだ。

　空気は温かで気持ちよく乾いている。

　おそろしく喉が渇いている……と思って左右を見ると、傍らに、果物と水が乗った金の皿が用意してある。

　ごくごくと水を飲むと渇きは癒《い》え……そして、水の中に砂金が入っていたらしく、空にも力がみなぎってしゃきんとしてくるのを感じる。

　自分はどれくらいここで眠っていたのだろう、シルヴァンはどうしたのだろう、とフォンスは不安になり、起き上がって通路のほうを覗き込んだ。

　人間の建物とは違うが、通路の両側には岩穴の入り口が並び、明らかにきちんと計画され、手を入れてある空間だという感じがする。

遠くにたくさんのドラゴンの気配がするようだが、姿は見えない。

フォンスがそっと通路に歩み出ようとしたとき、前方から二匹のドラゴンがやってくるのが見えた。

「お目覚めですか」

「お迎えに上がりました」

丁寧な口調でそう言って頭を下げる。

「どこへ……」

フォンスが尋ねると、

「玉座の間へ。王がお待ちです」

王に会えるのなら、聞きたいことを聞けるはずだ。

迎えのドラゴンについて通路をいくつか曲がり、坂を上り、やがてひとつの入り口をくぐると……

突然、驚くほど広く明るい空間が開けた。

岩山をくりぬいた広間のようで、高い天井は水晶で覆われている。

巨大な水晶が乗った岩山をくりぬいた構造なのだろうか。

床は荒削りだが黒い大理石を敷き詰めたように見え、そして右手に、水晶で作られた一段高い玉座のような場所があり、そこに「王」が座っていた。

その左右には、二十四ほどのドラゴンが姿勢を正して立っている。

「来たな、わが曾孫よ」

王が穏やかに言ってフォンスを手招いたので、フォンスは王に歩み寄った。

「シルヴァンさまは——」

とにかくシルヴァンがどうなったのか知りたくてそう言いかけると、

「無事、結界を越えた」

王がそう言って、フォンスが入ってきたのとは反対側に開いている入り口を見る。

はっとしてフォンスがそちらを見ると……

一人の人間が、広間に足を踏み入れたところだった。

鎧の上につけた、見覚えのある深紅のマント……兜は被っておらず、ゆたかな濃褐色の髪が肩に流れている。

頬は紅潮し、その碧の瞳には怒りが浮かんでいるように見えたが、フォンスに気づくとはっと目を見開いた。

「フォンス！」

シルヴァンが呼ぶのと同時に、

「シルヴァンさま！」

フォンスも叫んでシルヴァンに突進した。

意識したわけではないが、広間を横切ってシルヴァンのところにつくまでの間に、人の姿に変わる。

「シルヴァンさま、ご無事で……！」

シルヴァンが広げた両腕の中に、フォンスは勢いよく飛び込んだ。

「フォンス」

ぎゅっとシルヴァンがフォンスを抱き締めてから、かすかに笑う。

「少し進歩したのか」

「え」

戸惑ってシルヴァンから少し身体を離すと、裸ではなく、ちゃんと服を身に纏っている。

髪の色と似た、銀色の流れるような長い衣だ。

そのとき……

「騎士よ」

王が、シルヴァンに呼びかけた。

シルヴァンがフォンスを片腕で抱いたまま王のほうに向き直ると、王が重々しく言った。

「お前は、無事に山の結界を越えてここまで来た。つまりお前が、予言された一対の片割れだと証明されたのだ……試して、すまなかった」

丁寧に頭を下げる王に、フォンスは戸惑ったが、シルヴァンは何か悟ったようだった。

「つまり私は、何かの試練に合格したのか」

「そういうことだ……長い話になる」

王がそう言うのと同時に、二匹のドラゴンが水晶でできた長椅子のようなものを持ってきて王の正面に置く。

シルヴァンとフォンスがそこに座ると、王は頷き、黙り……そして、口を開いた。

「人とドラゴンの関係は、不幸なものだ。無法ドラゴンたちは人に迷惑をかけ、人はドラゴンを怖れる。契約ドラゴンたちは無法ドラゴンと対立する存在であるがゆえに人と手を結ぶが、それは力で屈服させられた契約関係だ。人の騎士もまた、ドラゴンと契約することで『愛』を失う……誰も、真の意味で幸福にはならない、呪われた関係だ」

シルヴァンとフォンスは、無言で王の言葉を聞いていた。

すると王の口調が少し変わる。

「人とドラゴンの関係は本来、愛で結ばれた一対からはじまったのだ」

愛で……？

思いがけない王の言葉に、フォンスは思わずシルヴァンを顔を見合わせる。

どういうことだろう。

「はるかな昔」

王はゆっくりと続けた。

「ドラゴンと人は、ただただ対立する関係だった。憎み合い、殺し合い……互いがこの世から消滅するまで戦い続けなければならないと定められているかのようだった。だがあるとき、一匹のドラゴンと一人の騎士が出会い……愛で結ばれたのだ」

王は、少し微笑んだように見えた。

「そのドラゴンが牡だったのか牝だったのかは、伝わっていない。だが我らの牝は数が少ないし、一匹で出歩くようなことはないから、牡だったのかもしれぬ、それはこの話にはどうでもいい部分なのだろう。いずれにせよ、人と、人型を取ったドラゴンの交尾は可能だが、交配はできない、子孫は残らない……だからこそ、より純粋な、魂の結びつきだったのだと言える」

王のほうを向いたまま、シルヴァンがフォンスの手を探ってそっと握る。

その話は、自分たちと直接関係があるらしいとフォンスも思い、そっとシルヴァンの手を握り返す。

「その一対をきっかけに、ドラゴンと人間の関係は変わった。種族を越えた魂の一対が存在すると知れ渡り、人もドラゴンも『もしかしたら』と自分の片割れを探し求めるようになった……だが、そういう騎士とドラゴンの一対が、人間の蛮族や、無法ドラゴンとの戦いに重宝されるようになってから、その関係が歪みはじめた」

王は深いため息をつく。

「いつしか……ドラゴンも、騎士も、己の『強さ』を誇るためだけに、対になる相手を求めるようになっていき……魂の結びつきはいつしか『契約』となり……その『契約』は、力で勝ち取るものになっていってしまったのだ。我々はこの水晶の山に結界を張って閉じこもるようになり、無法ドラゴンを放置し、その無法ドラゴンをなんとかしなくてはという義務感を持つドラゴンや、人間との関係を自分なら変えられるかもしれないと考えたドラゴンたちが、契約ドラゴンとなるべく時折ここから出ていくだけになってしまった」

それでは、シリカのような契約ドラゴンは、何か考えがあってここから出ていったドラゴンだったのだ、とフォンスは思った。

そうやって、人とドラゴンの関係が今のようになるまでに、どれくらいの年月があったのだろう。

愛で結ばれる幸福な一対からはじまった関係が、今のような不幸な関係になるまでには。

そしてふと浮かんだ疑問を口にしていた。

「人間の騎士が……『愛』を失うようになったのは、どうしてなんですか……?」

「わからない」

王は首を振る。

「だが、それはドラゴン側からの『呪い』だとする説もある。先に幸福を失ったドラゴンが、人から幸福を奪いたいと思った結果、そうなったのだ……と」

やはり、呪いなのか。

「その、呪いを解く存在として予言されたのが、ドラゴンの王の血筋に生まれる、虹色の卵から孵るドラゴンだった。そのドラゴンが一人の騎士と愛によって結ばれたとき、人の呪いが解け、それによってドラゴンとの関係が修復され、人とドラゴンは再び幸福な関係を築けるだろう、と。それが……すなわち、お前だったのだ」

フォンスの心臓が、ばくばくと高鳴りはじめた。

自分が……予言された存在で……自分が、一人の騎士と愛によって結ばれたとき……呪いが解かれる。

そして確かに自分は今、シルヴァンという一人の騎士と、こうして並んで座り、手を握り合っている。

その手から、シルヴァンも同じように考え、驚き、そして感動しているのが伝わってきた。

だが、どうして自分は……無法ドラゴンの群れで育つことになったのだろう。

フォンスの瞳に込められた問いに、王は頷く。

「虹色の卵は生まれて数日たつと、普通の灰色になり、他の卵と一緒に、この山から離れた、牝たちが卵を孵すための山に置かれた。そして……あるとき、ごっそりと卵が何者かに盗み出されてしまい、その中に、お前もいたのだ」

盗まれた卵……捨てられたのではなく……？

「無法ドラゴンが、仲間を増やすために卵を狙うことがある。無法ドラゴンには牝が少なく、仔が少ないからだ。我々は、お前を失ったことを嘆いたが、今となってはそれも定められていたことだったのだろう、と思う」

そうだ。

自分が無事に卵から孵り、この水晶の山で大切に育てられていたドラゴンだったら、シルヴァンに出会うことはなかっただろう、とフォンスは思う。

無法ドラゴンの群れで育ち、群れの中で異質な自分を感じ、群れを出たからこそ、シルヴァンに出会えたのだ。

「定められていたこと……運命、か」

シルヴァンが低く言って、フォンスを見た。

その瞳が、優しい光を帯びている。

「私がドラゴン持ちの騎士を父に持ち、その父から『愛』が失われたことで、ドラゴンとの契約を拒絶するようになったことも……お前が私の前に、どちらにしても契約の対象にはならない、行き倒れの小さなドラゴンとして現れたことも、すべて運命だったのか」

フォンスが立派な大人のドラゴンとしてシルヴァンと出会っていたら。

戦う理由があれば戦い、しかし契約はせず、戦う理由がなければ戦わず、二人の運命は交わることはなかっただろう。

心に傷を負ったシルヴァンと、自分の出自など知らない小さなのらドラゴンのフォンスだったからこそ、変則的な関係として旅をし、そして次第に心を通じ合わせることができたのだ。

「だが」

シルヴァンはふと眉を寄せて王を見た。

「最後の、この旅は余計だった。これにも意味はあったのだろうが」

フォンスだけをあの洞穴から連れ去り、シルヴァンが自力で追ってこなければいけなかったのは、どうしてなのだろうとフォンスも思う。

「すまなかった」

王は頭を下げた。

「呪いを解いた騎士は、この山の結界に阻まれることなく、山に入ることができる。それを、確かめなければならなかったのだ。形式的なことだが、必要だった。そして」

王は立ち上がり、ゆっくりと玉座を下りて、二人の前に立つ。

「形式的なことをもうひとつ、して貰わねばならない。古い時代の慣習の最後の例として、ドラゴンは騎士に真実の名前を告げ、騎士と契約を結ぶのだ。その契約が成された瞬間、すべての騎士とドラゴンが、呪いから解き放たれ、どちらが主でも従でもない、対等な関係を結び直す心が生まれることだろう」

自分がシルヴァンに真実の名前を告げて契約することが……愛によって結ばれたドラゴンと騎士がそうやって古い慣習の最後の例となることで、すべての騎士とドラゴンが新しい関係を結ぶ。

それが、自分とシルヴァンに求められていることなのだ。

シルヴァンが、フォンスを向かい合って立つ。

「私は……お前の真実の名を知ることが怖かったが……今は、怖れることなくその名を聞くことができるのか」

静かにそう言って、フォンスを見つめる。

王も、そして居並ぶドラゴンたちも、フォンスを見つめ、フォンスが口を開くのを待っている……真実の名前を告げるために。

しかし、フォンスは途方に暮れてしまい、王とシルヴァンを交互に見た。

「あの……」

ようやくフォンスは、自分の混乱を言葉にした。

「僕、自分の真実の名前なんて……知らないんです……あるんでしょうか」

無法ドラゴンの群れでは「おい」とか「ちび」とか呼ばれていた。

そもそも真実の名前というのは、誰がいつ、つけてくれるものなのだろう。

フォンスに、誰かが名前をつけてくれたことなどない。

つけてくれたのは……シルヴァンだけだ。

あのときシルヴァンはフォンスに名前を尋ねようとして、フォンスが「名前はない」と言う前に、真実の名前を知ってしまうことを恐れ、呼び名をつけてくれたのだ。

泉のほとりで拾ったから……古い言葉で泉を意味する、フォンス、と。

それ以外の、真実の名前を持っていない場合は、どうすればいいのだろう。

「僕には、シルヴァンさまがつけてくれた、フォンスという名前しか……ないんです」

おそるおそるフォンスがそう言うと、シルヴァンが絶句してフォンスを見つめ……それから、王を見た。

王も驚きを浮かべてフォンスとシルヴァンを交互に見つめ、そして……

笑い出した。

低く、心地よい声で。

シルヴァンも、つられたように笑い出す。

フォンスは戸惑って、王とシルヴァンを見た。

「あの」

「いや、そういうことか」

笑いをやめ、王が優しい目でフォンスを見る。

「真実の名というのは、普通は卵から孵ったときに賢者や予言者という呼ばれる老ドラゴンなどがつける最初の名前のことだが……なんらかの理由でお前は群れで孵ったのではなく、一人で孵ったあと、雛《ひな》のドラゴンとして群れに拾われたのかもしれない。だとすると、名づけをする者はいないだろう。つまり」

王は静かに、フォンスの肩にその前足を置く。

「お前は名のないドラゴンとしてこの騎士と出会い、この騎士が最初の名前をつけてくれた……それがお前の、真実の名なのだ」

フォンスという名が。

シルヴァンがつけてくれた、フォンス自身がただひとつ自分の名前だと思っているものが、真実の名前。

シルヴァンが、さっと頰を紅潮させる。

「私がつけた名が……私が知ることを拒んでいた、お前の真実の名前だったのか」

「それがつまり、運命だったのだ」

王が頷き、

「それでは、形式的に、騎士はドラゴンの名を呼び、契約せよ」

重々しくそう言った。

「それで、すべてが終わるのだな」

シルヴァンが頷くと、厳粛な顔でフォンスを見つめた。

フォンスも、急に緊張が高まるのを感じながら、シルヴァンを見つめる。

そして……

「フォンスという名のドラゴンよ」

シルヴァンが静かに、言った。

「その名をもって、お前は私のドラゴンとなる」

そして、一瞬言葉を切ってから、つけ加える。

「そしてその名を知ることで、私はお前の人間となる」

それは……シルヴァンが今この場でつけ加えた言葉だと、騎士とドラゴンの契約の言葉を知らないフォンスにも、わかった。

フォンスが一方的にシルヴァンのものになるのではなく、シルヴァンもフォンスのものなのだと、言ってくれたのだ……！

その瞬間、ゆらりと広間が、水晶の山全体が、揺らいだような気がして……

天井の水晶を通して、金色の光が降り注いできた。

居並ぶドラゴンたちが驚いてその光を見上げる。

「新しい契約は成った」

王が厳かに言った。

「今この瞬間、世界中の騎士とドラゴンの心に、変化が起きたものと私は信じる」

本当だろうか。

これで本当に、ドラゴンと人間の関係は、幸せなものに変わったのだろうか。

フォンスには実感がまるでないが……

シルヴァンが微笑む。

「会いに行ってみよう……そうすれば、わかる。たとえば、マルティンとシリカに。そして、私の父に」

そうだ、その人たちに会って、人とドラゴンの新しい関係を確かめたい。

そしてそれはまた、シルヴァンと共に、新しい旅に出ることを意味する。

「ずっと……シルヴァンさまと、一緒にいられるんですね……？」

フォンスは、言葉にした瞬間、それが幸福な実感として自分を包むのを感じた。

もう離れなくていい。

契約を迫ってシルヴァンを悩ませることも、シルヴァンが他のドラゴンと契約するのではないかと悩むことも、自分がシルヴァンの側にいる意味を自問する必要もなく……ただ、一緒にいたいから、一緒にいられる……！

「そうだ、私たちは、共に行くのだ」

シルヴァンが優しく微笑む。

嬉しい……！

そう思った瞬間、フォンスの視界が曇った。

「あ、あれ」

涙が勝手に溢れてくる。

止まらない。

「……相変わらず」

シルヴァンが苦笑して、指先でフォンスの涙を掬い取る。

その、指が頬を撫でる感触が、甘い幸福感を呼び起こし、フォンスの身体が震える。

シルヴァンの碧の瞳が、フォンスの中に点った小さな炎を見つけように、笑みを浮かべる。


と……

「契約した幸福なものたちよ」

王が静かに声をかけた。

「旅に出るにせよ、しばらくはここで休み、寛ぐがいい。のちほど、宴も催すつもりだ。お前たちには居心地のいい部屋を用意しよう。そして……」

その、威厳のあるドラゴンの瞳に、ちらりと笑いのようなものがよぎる。

「契約した騎士とドラゴンは、それぞれ身体のどこかに、同じ模様の痣《あざ》が生じるのだ。ゆっくりと、互いのそれを探し合うのもよかろう」

身体のどこかに生じた痣を、探し合う。

その言葉から、何も身につけずに向かい合う自分とシルヴァンを想像し、フォンスは真っ赤になったが、シルヴァンは顔色を変えずに頭を下げる。

「お心遣い、痛み入る。では、心ゆくまで」

「言うものだな」

王は笑い声を上げ、さっと向きを変えると、他のドラゴンを従えて広間を出ていく。

案内の係らしいドラゴンが隅に控えているだけで、フォンスとシルヴァンは二人きりになり……

「契約の儀式に、ひとつつけ加えたいことがあったな」

シルヴァンが微笑んでそう言うと、顔を近寄せてくる。

フォンスももちろん、異存はなく……

水晶を通した金色の陽光が降り注ぐ広間で、二人は厳かに、唇を合わせた。

あとがき

このたびは『遍歴の騎士と泣き虫竜～のらドラゴンのご主人さがし～』をお手に取っていただき、ありがとうございます。

今回は、西洋騎士ファンタジー、騎士とドラゴンのお話です。

担当さまと「次は西洋騎士物語方向で」という話になり、ネタをまとめてあるメモを見ていましたら、さて、いつ思いついてメモしてあったのか「のらドラゴンのご主人さがし」というフレーズがあり、そこから「ほのぼのメルヘン」的なお話にすんなり辿り着きました。

とはいえイラストは美麗で色っぽいイラストを描いてくださるＣｉｅｌ先生。

以前には小坊主な受けを描いていただき、今回はほのぼのメルヘン、人外受けでいいのかだろうかとも思ったのですが、かわいいフォンス、色っぽいフォンス、素敵なシルヴァン、かっこいいドラゴン、すべてを本当に美しく描いていただき、感激です。

まずはＣｉｅｌ先生に深く深く御礼申し上げます。

なお、今回の隠れテーマは「妖艶な誘い受け」だったのですが……何しろ私の書くものですのでなかなかそういう方向に行ってくれず、さてどこまで近づけたでしょう？

そして、いつも苦労するタイトル。

最終的にはこのタイトルに落ち着いたのですが、途中いろいろな案が出てくる中で、担当さまが「半分おふざけ」と言って出してくださった『騎士様のお供は馬と小馬とのらドラゴン』というタイトルが、語呂がよくて私はとても気に入って、候補の中に入れていただいたのでした。

残念ながらそちらは落選でしたが、「もったいなかったタイトル候補」としてあとがきに残しておきたいと思います（笑）。

今回もいろいろお世話になりました担当さま、ありがとうございました。

コロナ禍以降、なぜか私の書くものは主人公が旅をし続けております。

世の中が落ち着いてあちこち出かけられるようになったらまた、ほぼ一軒の家の中で完結するようなお話も書く気分になると思うのですが、いつになるでしょうね。

どうぞみなさま、いろいろとお気をつけてお過ごしください。

また次の本でお目にかかれますように。

夢乃咲実

本作品は書き下ろしです

夢乃咲実先生、Ciel 先生へのお便り、
本作品に関するご意見、ご感想などは
〒101 - 8405
東京都千代田区神田三崎町 2 - 18 - 11
二見書房　シャレード文庫
「遍歴の騎士と泣き虫竜～のらドラゴンのご主人さがし～」係まで。

CHARADE BUNKO

遍歴《へんれき》の騎士《きし》と泣《な》き虫竜《むしりゅう》～のらドラゴンのご主人《しゅじん》さがし～

2021年 8 月20日　初版発行

【著者】夢乃咲実《ゆめのさくみ》

【発行所】株式会社二見書房
東京都千代田区神田三崎町 2 - 18 - 11
電話　03(3515)2311［営業］
　　　03(3515)2314［編集］
振替　00170 - 4 - 2639
【印刷】株式会社 堀内印刷所
【製本】株式会社 村上製本所

落丁・乱丁本はお取り替えいたします。
定価は、カバーに表示してあります。

ISBN978-4-576-21116-9

https://charade.futami.co.jp/